每个孤独的灵魂
都值得被看见

阿紫

著

天津出版传媒集团

天津人民出版社

图书在版编目（CIP）数据

每个孤独的灵魂都值得被看见 / 阿紫著. —— 天津：
天津人民出版社，2020.10
ISBN 978-7-201-16407-6

Ⅰ.①每… Ⅱ.①阿… Ⅲ.①随笔－作品集－中国－
当代 Ⅳ.①I267.1

中国版本图书馆CIP数据核字(2020)第162111号

每个孤独的灵魂都值得被看见
MEIGE GUDU DE LINGHUN DOU ZHIDE BEI KANJIAN

出　　版	天津人民出版社
出 版 人	刘　庆
地　　址	天津市和平区西康路35号康岳大厦
邮政编码	300051
邮购电话	（022）23332469
电子邮箱	reader@tjrmcbs.com

责任编辑	陈　烨
策划编辑	王　猛
封面设计	阿鬼设计

制版印刷	天津旭非印刷有限公司
经　　销	新华书店
开　　本	880毫米×1230毫米　1/32
印　　张	9
字　　数	209千字
版次印次	2020年10月第1版　2020年10月第1次印刷
定　　价	48.00元

同类自会循声而来

那天收拾卧室，我发现了一个大储物袋，里面塞满了各种型号、颜色的口罩。

数了一下，竟然有几百个。

我不记得是什么时候囤了这么多口罩，尽管如此，我现在依然乐此不疲地在留意各家口罩网店上新的消息，并条件反射式地去下单。

抢购那么多口罩有用么？

管他呢！也许大家的心态都和我一样。

我有一个闺密，这段时间每天和我在微信上联系，聊天内容几乎都是分享购买口罩的渠道。只要我买了，她都跟着买，甚至买得比我还多。

我们抢购的可能不是口罩，而是安全感。即使用不了那么多，但有它们在，似乎就多了一份心安。

新闻里一旦有些风吹草动，防疫专家只要说一句话，网上只要发一条消息，那些物资顷刻间就会被抢购。

这不是无知和愚昧，也不是在交"智商税"，而是我们在迷茫的时候，总想抓住点儿什么。

像极了小时候，父母给我报了很多兴趣班，学画画、学书法、学钢琴……这些是他们认为留给我的安全感，一些不管你能不能用得上的东西，备着吧，总有不时之需。

我们这一代人也一样，比如，我的同事送女儿学跆拳道，他知道自己有一天会老去，不知道该留下点儿什么来陪伴她、照顾她、呵护她，索性把那些有用的没用的都统统给她，努力把她举高了，才肯踏实地老去。

我们也在潜移默化地学着给自己找安全感，而安全感是非常虚幻的，所以我们就把它落实在一件件东西、事情上。

储备，囤货，努力赚钱，怕挨饿，怕落后，怕找不到懂自己的人……统统是缺乏安全感的表现。

每个时代、每个人都在不同程度上有着不同形式的缺乏安全感的表现。

有的人睡觉的时候，需要抱枕或者骑着被子，被子是那种沉甸甸的厚棉被，甚至春、夏、秋、冬都盖这一条。

有的人离不开手机，有的人自己住要养宠物，有的人一回到家就要打开电视，哪怕不看，也要家里有声音。

电视剧《安家》里的房似锦，她以为自己爱钱，也积极表现出自己爱钱，其实，她错了，她不是爱钱，而是渴望安全感，钱能给她安全感。小时候的她穷怕了，只知道钱能让她不再饿肚子，能填补娘家的"大坑"。而当她遇到徐文昌之后，她换了一种生活。她看到了楼山关的努力、朱闪闪的单纯、徐文昌的善良……一个个鲜活的生命走进她的生活，让她开始懂得人情冷暖，学会关心别人、关注自己，打开了一扇春暖花开的大门。她并非孤军奋战，门店里的每一个人，包括朋友和爱人在内，都是她的强大后盾。她担任房产中介不单是为了赚取佣金，更是为了帮别人找到幸福的安家之所，这才是安家的意义。

我们兜兜转转，最后要寻找的不过是一种内心的满足感，以让自己不再孤独，不再害怕。

吃好穿暖，通过奋斗很容易实现。而那个能陪你度过余生的人，却不容易遇到。即使遇到了，也不一定懂得如何相处。

我认识一个朋友，我能一眼就识别出他的社交账号。

有一次，他用测试用的工作小号给我评论，我指着头像说："这是你的号吧？"

他很吃惊，因为他的账号里没发表任何内容，他不明白我是怎么猜到的。

我说，你所有社交账号的头像风格都很相似：一个人远望山河湖海或者仰望日月星辰，留下孤独的背影。

一个孤独的人，你能读懂他心头上的渴望，是那种"梦里不知身是客"的惆怅。

人与人之间存在着磁场，你不用多聪明，他不用开口，你就懂那种心情。

我们就像在暗夜里前行的人，头上顶着自己的光，去寻找发出相同光亮的人。

一直以来，我用声音来寄存心情和故事，也用文字来记录情感和观点。我想与你的世界相连，也想在黑暗的生活里偶遇相似的灵魂，而同类自会循声而来。

在敲定书名的时候，我想，我能读懂他的孤独，或许也可以读懂你们的孤独。

这本书，兜兜转转几年了，终于和大家见面了。

"耳朵"们终于不用追着我问，你的新书什么时候出版？

我也终于不用再回答，我也在等。

等什么？等好事多磨吧！

感谢，一路有你。

阿　紫

○ 目录

第一章

只 要 开 心 ， 便 不 是 虚 度

第二章

给 体 面 一 点 时 间

第三章

你 的 选 择 ， 无 须 别 人 干 涉

第四章

我 们 才 是 自 己 的 假 想 敌

第五章

万一情话是说给你听的呢

第六章

爱 自 己 是 一 生 浪 漫 的 开 始

第一章

○

只要开心，便不是虚度

柔软也是一种力量

我跟室友的生日只差三天，我们商量了一下，决定今年的生日一起过。于是，我们约好下班后去超市购买食材，然后回家做火锅吃。

买海鲜的时候，老板不让挑，说怕顾客把虾头弄断，影响销售。

室友坚持要自己挑："我会非常小心的，保证不会把虾头弄断。"老板絮叨着："我们担心有些顾客爱占小便宜，所以都不让挑的。"室友脸色难看，不耐烦地说："行了，再磨叽我不买了。"老板依旧不依不饶地说："还有，你们不是专业的，不会拣，会把虾弄坏的。"

室友一怒之下把袋子一扔，不买了，还把老板数落了一顿。

我赶忙把她拉走，劝慰说："算了，算了，消消气。"

她一路上跟我抱怨：凭什么卖家这么说她，她看上去像是占小便宜的人吗？最后忍无可忍地去投诉。

而我心里想的是：至于吗？

室友经常因为动怒而失眠。我劝她学会控制自己的情绪，不然会影响身心健康。她说，没办法，自尊心太强，从小就是三好学生，不能容忍任何人说她不好。她还说，若是她错了，怎么罚她都认，若不是她的错，她说什么也要讨个说法。

她说，她大学期间跟多位同学吵过架，刚参加工作的时候脾气也很暴躁，经常跟同事起争执，现在好多了。

我笑问："是真的好多了，还是同事摸清楚了你的脾气，故意绕开，不再去招惹你？"

她苦笑着说，大概是后者。

我很了解她，她就是想争一口气，有一股不服输的劲儿。

可是这种倔强、不服输，往往害人害己。

家长从小教育孩子，不要记吃不记打。于是我们慢慢地变得小心谨慎，避开一切可能绊倒自己的石头，躲开所有像蛇一样的井绳，以为这样就可以远离伤害，万事大吉。可正是这种如履薄冰的心态，让我们变得愈发矫情、脆弱，由此产生了莫名其妙的自卑心、多疑病、尴尬症。

别人一句无心的话，你就能在心里琢磨很久，怀疑对方是不是指桑骂槐；你不敢轻易表达观点，害怕言多必失；你不敢讲笑话，害怕别人不笑，令你尴尬；你跟别人一言不合就老死不相往来，还美滋滋地自以为这叫气节，叫有骨气。

你认为这样泾渭分明才算活得通透，事实上，这只会让自己的格局越来越小。

电视剧《欢乐颂》里，我最佩服的不是高情商的樊胜美，也不是高智商的安迪，而是表面看上去什么都不在乎的曲筱绡。

事实上，大多数人眼里的"女神"都有一颗看似高冷的玻璃心，她们恨不得随时昭告天下："我缺乏安全感，一定要善待我！"而曲筱绡不同，她没有"公主病"，一点儿也不矫情，相反，她很放得开，能屈能伸。她一个千金小姐，为了谈成项目，不但能陪客户吃饭、喝酒，还能对客户做到笑脸相迎，随叫随到。

谈恋爱时，赵医生当着她朋友的面嘲笑她笨，她也不计较。一开始，她跟安迪有误会，后来因为有事需要安迪帮忙，她便主动提着水果篮去道歉，果断示弱。

无论是跟邱莹莹还是跟樊胜美，不管与她们之间有多少误会，闹得多僵，只要她想和解，她就能让邱莹莹主动拥抱她，让高傲的樊胜美发自内心地对她说谢谢。

我有一个大学同学，算不上漂亮，胖乎乎的，也谈不上有才，但是她的异性缘特别好。有的女同学就很不理解这是为什么，就像关雎尔不解地问安迪"曲筱绡哪里好啊？赵医生怎么就偏偏喜欢上她了"一样。

这位女同学最大的特点是自来熟。当然，不是那种没轻没重地随便搭讪，而是不管在什么场合她都不拘谨，显得自然大方。即便是刚认识的人，跟她相处也不会觉得紧张、尴尬，反而非常轻松、愉快。

这，就是能力。

我见过很多和男朋友闹别扭的女孩，不管在什么场合，一生气脸色立马就变，一句话也不肯说，蹲在地上不肯走，不管对方怎么求饶、道歉都没用。

我也曾故意将男朋友打来的电话挂掉，让对方花一晚上的时间把我哄好。彼此都很疲惫，最后分手了。

你处处玻璃心，对方就需要小心谨慎地跟你说话，生怕哪一句惹到了你，从而让你胡思乱想，又引来几天的冷战。

这样的你，谁不怕呢？

可偏偏有些人只在乎眼前的得失，非要争一时的输赢，宁愿丢了西瓜，也不肯放下手中的这一粒芝麻。我在文章开头提到的室友就是这样，宁可打乱自己的计划，也要争下这口气。

现在的我懂了，自尊心不是一种摆设，不是掐着腰争论不休的姿态，不是长在一言一行里的气焰，也不是你说了一句难听的话，我必须要回复一句更难听的话来击垮你的斗志。

我跟室友说："你不是秋菊，不必什么事都要讨个说法；也不是梁山好汉，不必一言一行都要讲究气节。"

知名主持人谢楠说："只要有人给台阶，我立马就下。"是啊，给台阶一定要下，任性之前要看看有没有人惯着你，惯着你的人，会不会一直都在。

现在的我学会了主动道歉。无论在工作上还是在感情上，我都可以真诚且温柔地跟对方说一句："不要生气了嘛，人家知错了！"

工作能让你赚到钱，感情能让你得到爱，在这两件事上，何必非要分出青红皂白呢？况且很多事原本就不分对错，结果才最重要。

舌头是软的，牙齿是硬的，人老了，牙齿都掉光了，唯有舌头还在。有时候温柔的性格既可以保护你，又不会让你轻易伤害别人。

年龄这个数字有多可怕

过年的时候，表妹翻出舅妈的一条旧裙子，试穿之后觉得不错，便打算穿到学校去。舅妈说："这条裙子多显成熟啊！"表妹说："成熟点儿好啊，回去我还要学学化妆呢！"

我的一位女同事经常被送水的大哥称呼为姐。她愤愤不平地说："他看上去那么老，凭什么管我叫姐呢？真的比我年纪小吗？"有一次，她实在忍无可忍，逮住送水的大哥问："你多大年纪？为什么管我叫姐？"对方一脸无辜地看着她说："这不是尊称吗？"

大学期间，我们广播站高年级的同学喜欢称低年级的同学为"孩子"，而那些"孩子"也很知趣地叫着学姐或学长。可能我的情商比较低，一直认为年纪差不了几岁，直呼其名就挺好，还未涉及尊老爱幼时，哥哥姐姐这么叫着反倒显得生分。

年纪越大，年龄这个数字就越让人敏感。倘若你按部就班地毕业、恋爱、结婚，成为"辣妈"或"奶爸"也还好，但那些到了一定年纪且自认为不着急找对象的人，在别人眼里却成了眼光高一族。

打开微信朋友圈，很多人不是发些修得认不出样子的结婚照，就是批量上传孩子的日常生活照。同学聚会上，大家从以前的谈理想、谈追求，变成了现在的家长里短、柴米油盐，那些已经结婚的人，开始围追堵截你的感情生活。公司里，也不知道哪来那么多热心的同事，争先恐后地给你介绍相亲对象。家里，父母一边催你抓紧婚姻大事，一边抱着别人家孩子不撒手。你不由得百感交集，就像小时候必须交出一份满意的成绩单，你要向所有人证明，你有能力，是个正常人，够懂事、够孝顺。

当然，面对这些窘况，男生还能打着"先创业后成家"的旗号继续寻觅几年。而女生……室友跟我诉苦，现在最怕回家，家里人三句话必提催她找对象。

我一直羡慕到什么年纪就做什么事的人，这种同步的社会节奏会满足你与生俱来的安全感。可是，理想跟现实之间除了需要努力之外，求之不得的那部分，又该怎么办呢？

年少轻狂，幸福时光。经过社会的磨砺，慢慢地，你说得少了，听得多了，你开始害怕找不到一个聊得来的人。

你怕自己说的话对方听不懂，也怕对方说的话自己不感兴趣，更怕自己宁愿藏在心里，给电台节目发短信，在秘密软件上记录，也不愿跟对方倾诉。你不怕跟对方促膝长谈，或是一点点解释，就怕把话掰成了渣，对方还是不懂。你不怕工作压力大，人际关系复杂，就怕不被认可、不被理解，孤芳自赏、孤军作战。

年纪大了，很多方面都变了。从问"这东西好吃吗"到"这东西吃着健康吗"，从问"你爱我吗"到"你能跟我踏踏实实过一辈子吗"，从盼望"等我长大了……"到设想"当我老了……"，从有些事明知不可为而为之到见好就收，从为了一个人遍体鳞伤到还是爱自己最重要，从敢想敢做到害怕接受挑战，从大展拳脚、昭告天下到随遇而安、得过且过。

一天深夜，我的一个演员朋友在微信朋友圈感慨，大学时的女朋友结婚了，新郎并不是她喜欢的类型，但可能是适合过日子的。女人到了一定的年纪，会对生活妥协，不奢求能得到什么，唯愿不会失去拥有的。

年纪大了，你不怕被骗，怕的是阅人无数后，连真话也半信半疑；不怕飞蛾扑火、敢爱敢恨，怕的是做什么事都习惯给自己留一条后路；不怕遇到对手时杀伐果断，怕的是遇到了真心待你的人却无意中伤害了对方；不怕遇到的人不对，怕的是在最好的年纪遇到了等不起的人；不怕爱过、痛过、绝望过，怕的是留下"最后，我们没有在一起"这样美到令人心碎的遗憾。

年纪大了，你曾经看得很轻的东西忽然变得沉重，不得不小心翼翼，生怕磕了、碰了、掉了、碎了。你曾经认为很重要的东西，忽然不那么在乎了，觉得它可有可无。

岁月真的那么可怕吗？

外公现在七十多岁，他整天坐在沙发上回忆过往，动笔手抄一份份回忆录和家史给儿女们，却没有几个人细细阅读。

我中学时也写过很多本日记，只是从未翻过。我只相信这辈子，只在乎此时此刻的感受，甜了就笑，疼了就哭，喜欢的就去追求，相爱了就在一起，想得到什么就通过努力去争取，把所有的时间、精力、希望都把握住。当你行动了、尽力了，即使结局不尽如人意，也一定会无怨无悔。

我想，那时的你在岁月面前，会因为有着无与伦比的从容而美丽。

只要开心，便不是虚度

很多人一辈子都过得小心翼翼，不敢涉险。读小学的时候，每次数学老师提问，我心里明明有了答案，却很少主动举手，总是等到心里确认答案完全正确，没有纰漏，才有勇气举手回答。

老师跟我妈说："你女儿做事太谨慎了，只要她举手，要么答案一定对，要么语不惊人死不休。"

其实，我很羡慕那些只要灵光闪现便立即举手抢答问题的同学。他们敢于表达自己的想法，即便回答错了，也没什么难为情的，回到座位上赶忙重新计算，另想对策。来得及就再举手回答一次，赢得起，输得起，屡败屡战。

可我做不到这样，我总是耻于答错后的尴尬，会瞬间脸红，所以我不允许自己有一点儿差错。

后来我才发现，大家都忙于计算和思考，没有人会把全部的注意力放在回答问题的同学身上。对与错本身并无大碍，大家只是在期待一个正确答案，至于这个答案是谁给出的，其实无所谓。

我们往往把自己看得过重，因而紧张、小心，可事实上，别人很少花时间去关注你、质疑你、嘲笑你。

从小到大，长辈为了保护我们，教育我们这个不能碰，那个不能动。后来我们懂得了"吃一堑，长一智"的道理，成长的路上愈发小心翼翼。所以，越长大，胆子越小，牵绊越多，在意的东西越多，害怕的也就越多。

小时候，我因拔电视插头被电了一下，一直心有余悸。后来好一阵子见到电源都躲得远远的，更别说碰了。直到现在，手机充完电，我要把插座的电源按钮关掉才敢去拔插头。家里的电器坏了，我妈去修，我在一旁紧张得像一只刺猬，说什么也不让她碰。

无论是个人经验，还是道听途说，我们慢慢地知道了这个世界上存在着很多危险，于是处处小心，绕开它们，防患于未然。

长辈还告诉你，不要跟抽烟、打架、不爱学习的孩子一起玩耍，会被带坏的。后来，我们遇到一些行为夸张的人都习惯性远离，生怕影响到自己。

对人对事随时保持理性，评估风险等级，甚至还把它运用到感情上。怕没有结果，便不去开始一段感情；怕不能长久，就不敢深陷其中；怕被拒绝，索性装傻不开口；怕告白失败连朋友都做不成，宁愿假装只是朋友。

为了躲避未知的荆棘和苦难，我们像鸵鸟一样逃避。

想得总比做得多，还没开始行动，就先把自己难倒了。幻想出一个苦难的国度，把自己置身其中，再想象出无数洪水猛兽，越想越难，越难越怕，然后给自己一个放弃的理由，自以为很理智、很明智，实际上不过是自欺欺人。

给别人讲道理时总是口若悬河、头头是道，自己却在无数个夜里辗转反侧、难以入眠。明天的事谁也预料不到结果，自己却未卜先知似的往糟糕的一面想，既不甘心，又缺乏勇气。

有一个姑娘说："我不甘心毕业后听从父母的安排回到家乡的小城市，可是我又没勇气出去闯荡。我怕孤单，怕碰壁，怕年纪大了不好找男朋友，怕父母的反对和担心，怕出去后找不到更好的工作。"

我只回复她一句："你这种状态过一阵子就好了，慢慢地就习惯了现在的生活，觉得还不错，但是再过一阵子你还会出现这种状态，尤其是当你遇到了不顺心的事情。"

这是无解的，很多人就是这样，在没勇气和不甘心之间挣扎、痛苦，一辈子也未能改变这种状态。

我每天都能收到很多私信:"阿紫,你说怎样才能少走一些弯路?""如何提高自己的情商呢?""怎样才能迅速看清一个人呢?""能不能让自己变得通透一点儿不受伤害呢?""二十几岁的年纪应该做点儿什么?怎样才能少犯些愚蠢的错误?"

这些人就像热锅上的蚂蚁,都想从我这里寻得一条捷径,急于摆脱现状,改变自己的命运。

我们总想着怎么去提高效率,于是在书店翻阅成功人士的创业故事,在微信朋友圈分享人生必读书目,以及《做到这十点,就能成为一个优秀的人》《成功者每天会自问八个问题》这类文章。而我的书架上,至今还摆着高中时买的崭新的《卡耐基演讲与口才》。

我们想尽一切办法节约成本,以达到最佳效果,成为一个聪明人。可是何为聪明人?周末的早晨,起床洗了个澡,然后出去健身,出了一身汗;健完身,累得像狗一样,回来却跟朋友出去大吃了一顿。上午刚洗完的车,中午就来了一阵暴雨。刚给小狗洗完澡,带它出去遛了一圈,它高兴得满地打滚,弄了一身泥。

其实,生活就是一次又一次推倒、重组的过程,所以怎么过才更充实、更健康是没有标准答案的。人生总共不过三万多天,却有很多人因为懦弱、胆小而不去开始,拒绝努力去改变,一味地绷着、忍着,白白浪费了大好光阴。

我最近在重温电视剧《寻秦记》，琴清明知道因为时空不同，项少龙终有一天会回到现代，但还是选择跟他在一起。不管这场缘分能持续多久，不管他走了以后自己会多么难过，至少此时此刻跟喜欢的人在一起是开心的。结局反而是项少龙为了琴清留在了那个时代。

计划总是赶不上变化。谁又可以预知未来呢？与其把时间用在犹犹豫豫上，不如跟喜欢的人在一起，哪怕只有短短数月，也是真实的幸福，你只需去珍惜、去感恩。所以，千万别因为害怕受伤害、害怕结局不完美，而放弃有可能出现在你身上的美好。你要知道，浪漫本就是建立在感情基础上的，并不是理性可以主导的。

人生赢家往往都是修来的

在不懂爱的年纪，你对爱情的理解大多源于所见所闻和幻想。那时候，你相信一见钟情，相信言情小说里"山无棱，天地合，乃敢与君绝"式的爱情，也相信电视剧里"完美男人独宠平凡女孩"式的爱情。

有过感情经历后，你会深刻地体会到，很多恋人都曾轰轰烈烈地相爱过，可最后依然屈服于现实，分道扬镳。

你发现真爱就像买彩票，中奖的概率很低，但总归比不买彩票的多了一些希望。越是口口声声抱怨再也不相信爱情的人，可能越是在爱情中陷得深。

2013年，有一部特别火的韩剧叫《来自星星的你》，里面的男主角都敏俊是400年前来到地球的外星人。他拥有惊人的视力、听力和移动速度，最不同寻常的是，他几乎不会变老，一直保持着年轻英俊的样子。

如果你和都敏俊这样的男人相爱，会觉得幸运吗？当你老了，头发白了，满脸褶子，他却英俊如初，你会有什么感想呢？到时候世人会如何评价？

在大众的认知中，我们遇到困难时容易妥协，所以有没有真爱，遇没遇到真爱，把没把握住真爱，这是三件事。很多人不是没遇到，而是中途放弃了，或者没有好好把握，最后只能自欺欺人地说，遗憾也是一种美。

中国男子体操世界冠军李小鹏在一档节目中聊过自己的爱情。他对妻子一见钟情，为了和生长在美国的她正常交流，他疯狂地学习英语，然后把每个月的工资都用来买电话卡打越洋电话。在克服了语言障碍，经受住异地恋的考验后，他终于抱得美人归。他的毅力不仅让自己成为世界冠军，在感情上也是赢家。

你想赢，就要尊重对方的天性。大多数男人喜欢安静一点儿的氛围；而大多数女生则追求热闹、浪漫的生活，多少有点儿黏人。

你愿意给他一些相对独立的空间，尊重他的生活习惯和处世原则，而他愿意为你成为体贴、温柔、浪漫的"暖男"，这就是相互妥协，妥协的基础是爱。

年轻时谈过几次恋爱，你才更清楚自己想要什么样的感情，想和谁组成家庭。可这个阶段，大家的三观和习性早已养成，都有自己的个性，不想做自己不喜欢的事情，所以你想彻底改变对方几乎是不可能的。所谓的改变，只不过是对方因为爱你而妥协。

歌手张瑶说，新婚后她极其不适应，比如，老公洗脸时会把水溅得到处都是，而她有洁癖，受不了这种行为。于是她找老公谈，但她老公说这事避免不了，她只好每次在他洗完脸之后把水擦干净。

演员蒋勤勤说，她老公刷牙的时候会开着水龙头，她在一旁很心疼哗哗流走的水。她唠叨一次，老公就关一下，可下一次还是会一直开着。于是她想了一个办法，把控制水的阀门拧到最小，他再用水的时候，水流小了，她心里也就舒服了。

类似以上这些问题，几乎存在于每一个家庭中。有的人会不停地抱怨，甚至为此大动干戈。我们说细节打败爱情，人人都想舒舒服服地过日子，经不起总为鸡毛蒜皮的事斗嘴，时间久了会伤感情，男人嫌女人唠叨，女人嫌男人不长记性。

理解的基础是先做好自己的事情，再适当地引导对方，彼此配合。有些话对方听了觉得刺耳，你就换一种说法；有些行为对方觉得别扭，你就换一种姿态。只要你爱眼前这个人，想跟他好好走下去，就不能拒绝成长。智慧的人永远在用头脑推动感情往好的方向发展。

事实上，我们谈恋爱、步入婚姻都是人生的第二次发育，我们要勇敢地从自我中走出来，用一种积极的心态去学习、去体验。

我的外婆外向且粗心，外公内向而细腻，这正是我们说的互补。可是你要知道，互补的另一层含义是对立，所以很多时候你看不惯对方的做法，自然就会有分歧、有争吵。

每次外公较真儿的时候，外婆在一旁就当作没听到，不生气也不记仇。她知道外公就是那个脾气，对事不对人，让他把事说出来，他心里就舒服了，这事也就过去了，没什么大不了的。

外公从不吃鸡肉，外婆却很爱吃，外公会去超市买鸡腿给她，看着她吃。外婆不吃鱼，外公却很爱吃，慢慢地外婆将就外公的口味，现在也开始吃鱼了。

妥协不是单纯的忍让，而是一方先做出姿态，另一方予以配合，做出改变。如果两个人谁也不让着谁，都把责任推给对方，这日子就过不下去了。

一旦发生问题，两个人心平气和地好好谈谈，以后再遇到这样的问题怎么解决，如何避免问题的发生，或者找一个彼此都能接受的解决办法。

人在睡觉的时候会无意识地选择最舒服的姿势，做人也是这样，选择可能只是一瞬间完成的，行动则需要一个持久的过程。除了少数"含着金汤匙"出生的人，大多数的人生赢家都是后天修成的。比如，想要魔鬼身材，就要放弃美食，利用闲暇努力健身。

如果你想要美满的爱情，幸福的家庭，那你就得想想，你能为爱人做些什么、做哪些忍让，以及如何促进彼此的成长。

谁能逼你将就

有一次逛夜市，看到有人卖烤肠，突然怀念起大学的时候，每天早晨买一张饼、一根烤肠、一个鸡蛋，把烤肠和鸡蛋卷在饼里，外加一杯豆浆作为早餐。

大学毕业后再也没吃过烤肠，于是按照老规矩，问老板有没有烤得久一点儿的烤肠，最好是有裂口的。老板找了找，说没有，然后劝我："很多人都不喜欢烤得太久的，你看，现在的火候正好，来一根吧。"我笑了笑，摇摇头走开了。其实心里想：别人的口味跟我有关系吗？为什么大众的口味一定要强加给我呢，这就一定是对的吗？是最好的选择吗？

生活中有太多太多类似的对话。

比如刚参加工作的时候，有人很热心地给我推荐异性，苦口婆心地劝我说，这个人特别好，在单位的口碑也很好，人既本分又老实，等等。

找对象又不是评先进，找的是爱人又不是老实人。如果你非要给我举例子说："你看身边有很多人，结婚的对象都不是最爱的那个，而是最适合的那个，过得也蛮好啊！"那我也仅仅是听听而已。

我身边就有这样的女生，大学毕业前一直单身，从没谈过恋爱，毕业后回家相亲，没过多久就顺顺利利地结了婚，成为大学同学里结婚最早的一位。

你会很惊讶，从出生以来，我们跟同龄人就像是在进行马拉松比赛，比学习成绩、比工作、比年薪，以及比谁先结婚，然后让下一代继续比……但很少有人比谁更幸福，因为幸福只能靠自己感知，它没有标准。

跑在前面经验丰富的人未必赢了终点，而先到终点的人未必赢了人生。

换作是你，你可能会去相亲，愿意多接触一些异性，也能接受慢慢了解。说不定相处久了，了解多了，就有感情了呢？

事实上，当你面对一个没有感觉的人，每次聊天都是没话找话，谈论的话题你都不感兴趣，离不开买房、装修、未来孩子教育等现实问题时，你会不会有那么一刻失了神：这样追着、赶着步入婚姻，未来一定能好起来吗？

你终于跟同龄人缩短了差距，摆脱了该死的大龄"剩男""剩女"的标签，可是真的就幸福了吗？这样的结果是你想要的吗？如果你想找一个硬性条件相匹配、肯踏踏实实过日子的人，你可以选择这样的人生，可是如果你觉得爱情是生活的必需品，那就不要走相亲这条路。

大部分人都会在一定的年纪结婚，你只要稍微晚一步，父母一定会催，亲戚、朋友、同事都会替你操心，帮你张罗。当你到了一定的年纪时，大家就开始劝你：不要太挑剔，差不多就行了。

真的是你要求高吗？怎么才算要求不高呢？他们一定认为你想找一个外表漂亮、工作体面、家庭背景相似，最好还能买得起车子和房子的对象。

然而，那些迟迟未婚的人在乎的不是这些，他们只是想找一个聊天时可以不用硬着头皮找话题的人。

大众口中的将就是说人无完人，每一个人身上都有缺点，所以不要对别人有那么高的要求。没错，脾气好的人，往往窝囊；有思想、有主见、有个性的人，往往偏执、霸道。心思细腻的人，往往多疑、小心眼儿；过于专一而理性的人，往往木讷，不懂浪漫情调；特别浪漫、会用情话主打"暖男"气质的男人，心里往往同时存在好多女人，他对你好，对她、对她们可能也很好。一个人的优点会附带很多缺点，当你接受他的优点时，是否考虑过一并接受他的缺点呢？

他有很多缺点，笨手笨脚，所经之处东西叮叮咣咣地掉在地上，甚至站着打电话都能摔倒。他经常乱丢东西，生活用品经常找不到，钥匙要配好多把，手机经常不小心切到静音，动不动就没电。可是他爱她，很爱很爱，无论多困也陪着她；每次吵架无论错在谁，他都主动承认错误，主动哄她开心；他想办法克服自己的粗心大意，尽管效果并不明显。她也会经常跟他生气，可是她愿意在接受这个人好的同时，一并接受他的那些缺点。

如果你认为这是将就，那么这种将就是一种理解，是一种包容，是伴着一些酸、一点儿苦喝下去的甜。你可以为一个人变得更加宽容，这是对所爱之人的善意妥协。

可如果别人口中的将就，是让你改变自己的口味，是与别人的选择对比后再选择，是降低自己的标准，是背离自己的想法与初衷，是对生活的妥协，是对自己的妥协，是找一个不喜欢也不讨厌的人，就那样不冷不热地过下半辈子，你愿意吗？

将就，是对爱人温柔的慈悲，不是对不爱之人的妥协，就像爱是克制，但克制的是自己，不是爱本身。

时间，只会对症下药

　　慕小姐正是奔三的年纪，母亲的同事给她介绍了一个男生，她不得不踏上相亲之路。

　　男生是一位高中老师，大她两岁。第一次见面前，两人先通过电话联系了一段时间，每次男生要求见面，慕小姐总是各种推脱，因此男生心里既着急又忐忑，在介绍人那儿告了一状，最后消息传到了慕小姐母亲的耳朵里。

　　母亲急了，对慕小姐进行了一番"爱的教育"，她很无奈，也无法反驳，只好硬着头皮去约会。

　　第一次约会，地点是男生早就预约好的一家西餐厅，他不但订好了位置，还在网上点好了套餐：醒好的红酒，一盘水果沙拉，一份牛排，一碟西点，外加一份披萨。

他先倒了一点儿红酒，尝了一口说，不凉不好喝，让服务员上了一些冰块儿。牛排摆在中间，他让慕小姐切一块，慕小姐急忙说："我减肥，你吃吧。"

他用不惯刀叉，又向服务生要了两副筷子。红酒加冰，用筷子吃牛排，这大概是慕小姐吃过的最难忘的一次西餐了。

从下午五点到晚上九点，慕小姐根本不想去了解他，自然也没问什么。大概是因为对方请客不好意思，慕小姐并没有提前离开，就坐在那里一直陪他聊工作，内容不涉及任何个人私生活。

终于熬到离开餐厅，慕小姐想借此别过，但他坚持要送慕小姐回家。可到了慕小姐住的小区楼下，他连一句道别的话都没说就打车离开了。到家后，他发了一条信息告诉慕小姐他到家了。

过了几天，他又打电话约慕小姐吃饭，慕小姐说："在我公司门口见吧！"

他说："还是在商场门口吧，不然我还要多走一段路。"

那天下雨，慕小姐打着伞，拎了一大包笔和练习本。碰面的时候，他转身要坐电梯，并没有接过她手里的东西。慕小姐叫住他，伸出手把东西递给他说："这些笔和练习本给你的学生用，你拿着吧。"随后又说："上次是你请客，这次我请你，咱们吃焖锅，你看好不好？"

到了餐厅，找好座位后，男生很主动地拿起菜单，直接点了一份组合套餐，然后很肯定地对慕小姐说："你放心，这份组合套餐是这家最好吃的。"

服务员问："有辣汁跟酱汁，能吃辣吗？"

慕小姐可是无辣不欢，立马点头说："能——能——能！"

他却对服务生说："还是要酱汁吧。"

慕小姐不吃牛蹄筋，男生点的鸡翅又没几只，慕小姐不好意思都吃掉，只吃了一只，然后吃了点儿配菜。他还以为慕小姐是为了减肥，很热情地说："你就多吃点儿菜吧！"

买单时，慕小姐掏出钱包，他在一旁剔牙，装作没看见。吃完饭出来，他在餐厅楼下就跟慕小姐分开了。

第二天早晨，男生兴奋地给慕小姐发信息说："你给我的笔真好用。你那里有红笔吗？我需要。"

慕小姐哭笑不得，才见了两次面，这人也太实在了。

这期间，慕小姐给他发信息，都是隔好久才能收到回复，他要上课嘛，可以理解。可他经常是上午发一条，下午回一条，晚上再发两条信息，从没有发过结束语，也没有发过"晚安"之类的话语。他发的信息几乎没什么内容，通常是："你现在干吗呢？""今天都干吗了？"最后再问一句："你猜我今天干吗了？"

他继续约她出来吃饭，但是慕小姐真心不想再跟他吃饭了，只好婉言拒绝。他很急迫地说，他刚买的房子正在装修，很想让慕小姐帮着一起出主意，一起装修。他母亲说，要按照婚房标准装修，这样就不用等结婚时进行二次装修了，防止劳民伤财。

在电话里，慕小姐提了两点建议，一是该铺地板还是地砖，慕小姐觉得地板比较好打理。他反驳说，其实都一样，只是她看不出来罢了。二是客厅要不要打隔断，他坚持打个隔断变成三室一厅，可慕小姐认为客厅大一点儿比较好，现在连厨房都是开放式的，不要破坏格局，两室一厅暂时够用。他又给否决了，说她没见过房子，不是她想的那样，非要坚持自己的想法。

这就如同之前吃饭一样，慕小姐到底能不能吃辣不重要，重要的是，他已经征求过她的意见了，但决定权在他手中。

慕小姐只能客气地说："这只是我的想法，人与人的想法肯定不同，毕竟是你的房子，你拿主意就好了，我没意见。"

第三次约会迟迟没来。他憋了好几天，终于发来一大段信息，意思是，他很诚心地想跟她交往，想让她帮着装修房子，但她的表现很冷淡，让他很不开心。

慕小姐立刻解释自己很忙，有空一定帮着参谋，希望他有什么想法直接跟她讲，千万别再到介绍人那儿告状了。

她也曾试着说服自己，再等一等吧，跟他熟悉后，关系可能会好一些。他也说，等熟悉了就给她讲讲他的过去。然而，每次两人刚聊得有点儿兴致，他就消失了，经常冷场。他解释说自己最近很累，晚上经常握着手机就睡着了。

有一次，慕小姐以为两个人终于沟通好了，就发了几条比较长的信息给他，但他只回复了一个"嗯"字和一个笑脸表情图。

慕小姐实在没办法再跟他继续相处下去了，截图跟妈妈诉苦，潜台词是：老妈你看，聊不下去真的不怪我。

有一天晚上，他发信息说："刚才狂风暴雨、电闪雷鸣，你回家的时候带伞了吗？没被雨淋着吧？"

慕小姐握着手机寻思：为什么下雨的时候不打电话问她带没带伞、要不要接她，直到下完雨之后问呢？是不是就想听她说没打伞，淋雨了，然后好发一句"多喝热水"？

这种马后炮的事还发生在慕小姐生日的当天，因为刚认识不久，她就没好意思告诉他自己过生日，怕他买礼物、请吃饭。慕小姐原本以为他不知道，未承想QQ邮箱有好友生日提醒。晚上下班前，他在QQ上给她发消息说"生日快乐"，连一个电话都没打来。慕小姐心想：怎么也应该送我一张电子贺卡吧？

很多人说，大龄单身青年都有这样那样的问题，所以才被剩下。有的人是完美主义者，要求高，不想将就；有的人不体贴，不会照顾人，不懂事；有的人浑身都是缺点，认不清现状。然而，这真的只是年龄问题吗？

在《爸爸回来了》节目中，王中磊的小儿子威廉跟奥莉一起玩的时候，特别会照顾她，凡事都征求她的想法，在一旁帮着她，陪她玩，像一个小"暖男"。要知道，当时威廉还不到十岁，可有的人活了三四十年，依然不懂人情冷暖。我认为，情商的高低与年龄无关。我见过快五十岁的人依然处理不好人际关系，时常好心办坏事，心直口快得罪人。

那个高中男老师对慕小姐说，他不会像电视剧里演的那样，整天只知道风花雪月，他心直口快，有什么说什么，不懂女生那些拐弯抹角的心思。

"我就是心直口快，你得接受，你得忍。"多么可怕的一句话。

人在停止骨骼生长后，心智还在成长，只有不断地了解自己、超越自己、改变自己，才能与别人建立良好的关系，适应这个社会。

如果你经常抽烟喝酒、打架斗殴，怎么能让别人相信你是一个好人呢？有时候连你自己都很讨厌自己，又凭什么要求别人接纳你、喜欢你呢？

有的男人永远不懂女人为什么生气，有的女人则永远在抱怨男人为什么不解风情。

爱你的男人会感知到你情绪的微小变化，无论你怎么掩饰，他都能察觉到，虽然他不理解你为什么那么敏感，但他会尽量照顾你的情绪。他会反思自己，如何做到不惹你生气，怎样哄你开心。尽管他认为你的很多做法幼稚可笑，但为了取悦你，他愿意陪你一起犯傻。

爱你的女人虽然知道你并不完美，有很多缺点，缺少浪漫细胞，但你给她的每一次感动她都会铭记在心，时常回味。

一个男人不爱你，就不会为你浪费时间和精力，也不会考虑你的感受。如果一开始这个人就不能给你温暖，没有共同语言，很可能一辈子也就这样了。

比起一见钟情，我更相信一见如故，莫名其妙地就有很多话说，感觉很投缘，只要在一起就很开心。我也相信，有的人，无论你用多长时间去了解都找不到共同语言，连吵架都吵不起来。聊天时，你说你的，他说他的，根本不在一个频道上。

可大多数人，最后因为年纪的限制，不得不对现实妥协，找一个条件差不多的人结婚，认为感情可以慢慢培养。

人与人之间可以磨合，把一切问题交给时间去解决，可是时间真的是最好的良药吗？也许是，但前提一定得对症下药。如果你想让时间来改变一个人，请先看看那个人是不是对的人。

既然走在路上了，
那就姿态美一点儿

自从有了微信朋友圈之后，我就把手机里的万年历卸载了。在朋友圈里，重大节日、新闻事件、情人节话题、愚人节话题……一条接一条更新着，想忽略都难。

当年，我也曾拿"韩寒不上大学依然获得了个人成功"的例子安慰自己，条条大路通罗马，是金子总会发光的，不是只有高考这一条路。

直到某一天在一档节目里看到郭德纲跟孟非聊天，郭德纲说："人才就像一座用土堆成的金字塔，越往上走精英越少，而我们俩是特例，是不小心被扔出去的两粒沙子，刚好落在这个位置上，所以成名了，但这是极少数情况，不要抱有侥幸心理。"

我曾在各类节目里了解到他们二人的经历，都是苦过来的，穷的时候吃不饱饭。相比之下，在温室里好好读书，考上一所理想的大学，拿着敲门砖走向社会，绝对不是亏本的买卖。

那天跟老同学秦乐乐聊到了高考。高中那会儿，我们都是比较任性的孩子。当别人一套接一套地做数学题时，我们在看课外书；当别人背单词时，我们在看课外书；当别人温习课本上的知识点时，我们还在看课外书。

晚自习时，我经常冲上一杯咖啡，放在草绿色的桌布上，然后享受着咖啡与文字结合的美妙。入夏后，我倚着窗，偶有微风拂过，从心底里荡漾出幸福感。

高考后，我留下了一个习惯，不开台灯在书房坐一会儿，就感觉少点儿什么，晚上睡前若不翻几页书，心里总是不踏实。这个习惯我用了很长时间才改掉，然后，每到晚上就理所当然地看电视、玩手机、听音乐和广播。

一天晚上，我路过母校，看到教学楼里的灯亮着，就停留了一会儿，突然很羡慕此刻能享受着晚自习的学生们。

大多数文科生是厌恶数学的，包括我在内。小学时数学考试得过满分，那会儿不知道自己喜欢什么，但作业会认真做好，按时完成。初中时数学成绩不算好，外公是中学校长，教过数学课，便在周末接我去家里补习。高中以后数学再没及格过，不但不自卑，反而还很自豪：没关系呀，我语文、英语、政治是强项啊！尤其是作文写得很好，成了人们眼中的才女，就算数学考零分，大不了被贴上一个"偏科歪才"的标签罢了。

所以我在想：有思想究竟是不是一件好事？太想依着自己的喜好做事，不接受任何安排和控制，偏执地追求自己热爱的事物，甚至还会不计后果……

高考报志愿的时候，大多数父母会优先考虑就业问题，建议子女报会计、英语、计算机等热门专业。而我得偿所愿地选择了中文系，父母并没有反对，好像我念大学就只是为了报这个专业。美中不足的是，由于高中三年学习不够刻苦，我并未考上中意的大学。

上大学后，我听说北大中文系教授孔庆东开课讲金庸武侠，座无虚席，其他专业的同学也来蹭课，座位不够了，大家就席地而坐。这正是我心心念念的学术氛围，遗憾的是，我在自己的大学里从没遇到过这种情况。我接触到的课程不过是高中语文课的升级版，老师不断地灌输枯燥的理论知识，接着就是考试，考过一科又一科，就这样毕业了。

大四实习时，我回到高中母校。在讲台上，一个学生问："老师是哪所大学毕业的？讲得太棒了，我也想考您所在的大学。"

另外一个学生问："老师，您是北大毕业的吧？"

我笑着摇头说："不是，但你们还有希望。"

其实很多人和我一样，并不是什么勇敢的人，无法承受任性带来的后果，更不可能潇洒地挥挥手，满不在乎地说一句："青春无悔！"

北大中文系曾是我的梦想，但不知不觉间我离这个梦想越来越远，它从一个目标变成了一场梦，遥不可及，不敢再想。

高中那会儿，我看《挑战主持人》节目时，观众让参赛选手尉迟琳嘉给即将高考的孩子们讲几句话，他说："考上一所好大学，能让你们少走很多弯路。"然后摘下帽子接着说："你们看不到我背后的努力，这些天为了比赛，头发都白了。"

尉迟琳嘉说的话我深以为然，切勿被那些"毒鸡汤"洗脑，上大学怎么没用啊？！它能让你去更好的地方，拥有更好的资源，做更好的自己。难道不值得你为之努力吗？

一所好的大学会在方方面面培养你的能力，决定你未来的发展方向，对你的人生格局有百利而无一害。所以，很多人把高考和大学当作人生命运的转折点。

记得当时年纪小，我误以为人生中有很多选择题都是单项的，非A则B，好好学习就等于放弃兴趣爱好，宁愿因为一个不喜欢的老师而放弃整门学科。

多年之后，回过头去看青涩的自己，幼稚而可笑。多么希望当下只是一场梦，一觉醒来，班中空无一人，一抬头，黑板上是关于高考的倒计时。望向窗外，阳光明媚，树影斑驳，微风拂过，窗帘摇曳，我起身抓起书包，笑了。

于是我明白了，考出好成绩是一件很划算的事，也是最能让父母放心的一条路。这条路既然踏上了，已经准备往前走了，那就姿态美一点儿吧！

你只是活出了精致的假象

大清早，我被微信群里一个姑娘说的一番话震惊了。

群里有人问她有没有男朋友，她说："我有男朋友啊，不过无所谓，不合适就换呗。我不愁找不到男朋友，手里有好几个情感'备胎'。他们都知道我有男朋友，但依然心甘情愿地任我挑选。"文字中流露着自信、骄傲，还很享受。

我不知道她这种优越感从何而来？受人追捧的原因也许不是她很优秀，而是她比较好接近。

姑娘们的朋友圈里通常有一些擅长点赞的异性，他们到处找存在感，连你多大年纪都没弄清楚，随口就对你表白。隔三岔五地找你聊几句，话里话外透露着对你的欣赏和情有独钟。你若没什么回应，他们便又"缩回头去"暗中观察，跟什么事都没发生过一样，今天说喜欢你，明天好像不喜欢也行。

我反而觉得，你越优秀，越会自动屏蔽掉很多这样的异性，最后站在你身边的，一定是可以和你并驾齐驱，真正欣赏且喜欢你的人。与其不停地乱吃一通，不如空着肚子，把胃留给最好的食物。

有些女孩不拒绝、不许诺，态度忽明忽暗、暧昧不明，对对方的要求不高，给自己的定位太低，宁可暂时将就，抱着骑驴找马的心态过空虚日子，也不愿意翩然独处，等待良人的到来。

我想知道，这样的人知道什么是爱吗？真心爱过别人吗？轻描淡写地说一句"无所谓的，不合适就换，没什么大不了的，对象又不难找"，连未来都不曾憧憬，还打着说散就散的算盘，这是维持一段好的感情应该有的态度吗？

所以我好奇地问那个姑娘："换男人跟换衣服一样，还会认真地去爱一个人吗？会不会导致'爱无能'呀？"她说："不会呀！"

群里有个男生说，真正令人羡慕的是25岁就结婚的人。

她立刻反驳说："我爸妈就是彼此的初恋，现在过得一点儿也不开心，不合适就赶紧换，趁着年轻，多谈恋爱没坏处。"

原生家庭对子女的影响，真的很重要。

外公跟外婆是同学，自由恋爱，互为彼此的初恋，是唯一且相伴一生的人。他们的感情特别好，谁也离不开谁。外公脑出血住院，严重的时候，家里人不让外婆去医院，她就自己偷偷坐公交去，还说外公如果走了，她也不活了。

外公脑出血被抢救回来，但由于神经被压迫，反应有些迟钝，脑子偶尔会糊涂，连亲人的名字都叫不出来。他躺在床上，外婆躺在他身边，过了一会儿，外公伸出手，外婆自然地把自己的手放在他手里，两个人就这样牵着手躺着。

我惊讶地喊妈妈过来看，妈妈很淡定地说，他们年轻的时候就这样，见怪不怪了。

所以我一直不喜欢刻意为之的感情，我相信感情是可以培养的，但是爱情不会，除非一开始就互有好感。

之所以相信爱情，是因为你见过爱情，也期待那种矢志不渝的感情。

那个姑娘不屑地对那个男生说："像你这种憧憬25岁就结婚的人，就别给我们小姑娘上课了。只谈过一次恋爱，都没感受过生活，没点儿经验怎么行？谈得多才知道怎么跟异性相处，保持什么样的距离。"

我暗自想，每一个人都是独立的个体，你的经验再丰富，遇见真正喜欢的人，依然会手足无措，经验其实起不了多大作用。相反，那些反面教材的经历会让你丧失赤子之心，变得胆小而多虑。

她还指点群里的姑娘们一定要活得精致，生活要精致、妆容要精致、谈吐要优雅。还特意强调，一定要化妆，哪怕是淡妆也好。

她传授给姐妹们一些"成功学"，比如她花了两万元去学习烹饪，还学习插花、茶艺。

可是，如果学一些特长不是因为兴趣爱好，而是为了取悦男人，为将来找伴侣而投资，你不觉得自己掉价吗？如果一个男人喜欢你，是因为你的化妆技术，那他爱的就不是你，而是你化妆后精致的脸。

你理解什么是精致吗？

其实，你只是活出了精致的假象。精致不是装模作样给别人看，更不是功利地看待一切，而是热爱生活，取悦自己，做着自己喜欢的事情，有着自己的爱好。

你又理解什么是自律吗？

早睡早起，定期健身，不喝碳酸饮料，少吃烧烤、麻辣烫，注意护肤、化妆和穿衣搭配，这些不叫活得精致，而是自律。

自律不仅表现在这些事情上，还表现在你对感情的态度上。

很多人告诉你，女人该如何努力，要变得精致，要懂得自律。这样，你就能成为自己想要的样子，遇见更优秀的自己，但是我想说，我还是喜欢随性的你。

就像金星所说，会有因为晚上忍住不吃饭，第二天早晨醒来时的成就感，也会有把减肥的念头抛到九霄云外后，享受美食的满足感。

不要无限放纵，也不要过度苛刻。你不是为谁而减肥，为谁而压抑情感，而是为了让自己达到一个平衡。

比起成为精致男人或女人，我更希望你能自在、快乐。

谈恋爱是一种修行

　　男人和女人吵架，多数情况是因为各自认为有理，谁也不服谁，谁也不想迁就谁，而抱怨和不解就是伤害彼此的"元凶"。

　　男人和女人的思维方式不同，看待问题的角度自然也不同。

　　女人对男人常有这样的疑惑：为什么你爱我却不表现出来？为什么你想我却不主动联系我？为什么睡前不跟我说"晚安"？为什么不送鲜花和小礼物给我惊喜和浪漫？为什么不能陪我去我想去的地方？为什么逛商场的时候不帮我拎包？为什么你一忙起来就忽略我？为什么你的事业和朋友比我重要？为什么你总拿"现在的努力不是为了自己，而是为了我们的未来"这类话敷衍我？就你现在对我的这种态度，我们还会有未来吗？

　　而男人对女人常有这样的疑惑：为什么你那么在乎形式和细

节？我爱你，把这份爱藏在心里不行吗？非要我通过各种方式表现给你看吗？人生如此漫长，天天取悦你我不累吗？你为什么不能消停点儿呢？

好啦，现在矛盾已经产生了，女人抱怨男人不温柔、不体贴、不浪漫、不解风情；男人抱怨女人无理取闹、目光短浅。

小时候，你一边玩玩具，一边说着幼稚的话，爸爸、妈妈不陪你玩吗？骂你了吗？他们依然耐心地陪你藏猫猫、搭积木，准时叫你吃饭、喝水。爸爸、妈妈工作了一天，拖着疲惫的身体回到家里，仍不辞辛苦地给你把衣服洗得干干净净。他们对你的爱从未减过一分，可你长大后爱上一个人，又为他付出了多少呢？

我再问你两个问题：你是在跟对方谈恋爱，还是在跟自己谈恋爱？你真的爱对方吗？

如果你确信自己是爱对方的，而且愿意无私地接纳对方，就别再掩耳盗铃般逃避问题了。明明你们本质上没问题，各个方面也很般配，最重要的是相爱了，干吗因为一些小事争论不休、互相伤害呢？难道一辈子的幸福还抵不过一时的嘴上痛快吗？

如果你是一名男性，那你应该明白：女人渴望的不是你打几个电话给她，不是你们打电话的时间有多长，而是她想知道此刻你在想她。你关心她说明你爱她，这样，她才更有安全感，更愿意嫁给你。

当你在自己的微信朋友圈和微博提到她时，这代表着她得到了你的认可，你愿意让她进入你的生活圈，真正融入你的生活，而且毫无保留，不会三心二意。

这是女人专属的情绪吗？男人只是不喜欢承认罢了。如果你的女朋友从不在人前提起她有男朋友，也从来不告诉别人她男朋友是谁，你心里会是什么滋味呢？这不是故意"秀恩爱"，而是一种自然而然的表达。

信任的基础是时间，是一件件事情的累积，如果只有一个口说无凭的保证，只有一份虚无缥缈的笃定，那么你又怎么说服自己相信对方呢？什么叫谈恋爱？谈是需要沟通、需要互动的，而不是闷在心里，让对方去意会。

连三毛那么洒脱的女人都认为，爱情和婚姻要落实到穿衣吃饭上才踏实。

其实，女人比男人更愿意相信美好的事物，而你为她所做的一切，能充分显示她在你心中的地位和分量。

一位已婚的男性朋友问我："你们女人真的这么在乎形式吗？"我乐了，如果女人在爱情面前还能保持冷静、明智、理性，那说明她根本不爱你，只是把婚姻当作交易。爱是自私的，是一种渴望、一种占有，当然，这不能成为打压、谩骂、伤害对方的借口。

很多情侣都有过这样的经历：聊得不愉快吵了起来，吵着吵着就把所有不满的情绪都发泄出来，不讲究说话的方式，不在乎措辞，什么犀利说什么，什么痛快说什么。结果越吵越凶，本来你心里不是那么想的，却故意扭曲，故意气对方，结果伤敌一千，自损八百。

你准备做一件事、说一句话之前，可以考虑一下后果吗？身为成年人，我们既要对自己说的话负责，还要学会控制情绪，学会变通。你把对方贬得一文不值，自己就高高在上了吗？

对方是你的爱人，你贬低对方的时候，其实也是在贬低自己。你让对方伤心难过掉眼泪，自己就舒服了吗？你用自己的爱伤害一个你爱的人，真的会比对方好受吗？

我们总说相互理解、相互体谅，那究竟该怎么做呢？我们要做的不是容忍，而是改变。

昨天早晨，熊先生在公交车上问我晚上睡得好不好，吃没吃早饭，脖子疼不疼，嘱咐我在办公室别一直坐着，多起来走动走动。今天早晨，我一边盘腿坐在床上擦脸，一边打电话催他起床，叮嘱他开会别迟到了，开会前吃点儿东西。

一个电话，两三分钟，这份关怀使整个早晨都充满无限的温暖。

你要知道，这个世界上除了父母，还有一个人那么爱你、那么关心你。当你拥有对方的时候就充满了信心和力量，感觉什么都不怕了，破产了钱可以再赚，工作不如意可以再换。无论你是何种境况，对方都不会嫌弃你、不会离开你，这该有多么幸福啊！

我曾对熊先生说过，只要他保证做好两件事，一是对我好，体贴温柔；二是始终专一，不花心，那么任凭多大阻碍我都不会放弃他。其实很多女人需要的无非也是这些。

体谅不是一个缓解气氛的词，而是你要真正为对方做些改变。

男人不要总想着让女人别那么矫情、别那么多要求。女人能有多少时间和青春痴痴地等着你、陪着你？你没资格要求她无条件地付出和没有退路地坚持，你应该站在对方的立场多考虑考虑：怎么才能使对方更快乐，怎么才能给她想要的爱情。既然爱她，为什么不能多花些心思博红颜一笑呢？一些不重要的人和事，和她相比，究竟孰轻孰重？

女人不要总觉得别人家的男人好，有时间抱怨自己的男人不浪漫、不解风情，不如想想该怎么塑造他。好男人的优秀品质不是与生俱来的，他学习成绩好，那是老师和父母教得好；他工作能力强，那是在工作岗位上锻炼出来的；在爱情方面，你不努力引导他成为你想要的好男人，他能凭空变好吗？

我们并不是和自己谈恋爱，要想和伴侣更好地相处，是不是应该适当地少一些不满和指责，多一些理解和改变呢？

　　遇到一个好的恋人，你会成为更好的人。爱情原本就是一种修行，你用心了，花费了时间和精力，就更容易修成正果。东西坏了修一修未必不能再用，换新的未必用着习惯。你想要怎样的恋人和爱情，你就要付出怎样的努力和代价。

第二章

○

给体面一点时间

美，是人群当中一眼就认出你

　　我们理解的美女是什么样子？我认识的很多女生认为美女一定要有气质，可爱又不失稳重，稳重里又不失小清新，小清新里又不乏知性，知性里又带着点儿文艺范儿，文艺范儿里又有点儿霸气。当然，女生看女生侧重内在美多一点儿，如果非要侧重外在美，那她一定得有自己缺少且很渴望得到的某种气质，要美就美到惊艳、美成梦想。

　　对于男人而言，美女的定义就太宽泛了。有一张可爱的脸是美女，有一双修长的腿也是美女。主持《千里共良宵》节目的姚科老师跟我说，他认为有一双美手和一双美脚的就是美女；不管卸了妆是什么模样，只要看着顺眼的就是美女；不问过去，不管名声，不在乎未来，此刻能让他赏心悦目的就是美女。

当一个人评论一个女孩不好的时候，有的男生会反驳说：为什么那个女孩还有那么多人追呢？

追求者的数量代表什么？追求者多的女孩的品质真的就好吗？未必吧，只能说明她容易被搭讪。男人们一般都懒，懒到只在追女孩的时候肯花费大量的时间和金钱，追到手后立刻原形毕露，什么温柔体贴、善解人意，大多是伪装的。

你想，他们愿意追求高冷、孤傲的女人吗？除非是真爱，否则，内心不够强大的男人早就躲得远远的了。

当然，有的男人追求女生不一定是因为喜欢，就像打篮球，大家都在抢，你抢到了，你赢了，就觉得自己很有面子。实际上，你真的觉得她很好吗？

一个做电视编导的朋友跟我讲，他的一个女性朋友是主持人，两个人多年没见，有一天碰到吓了一跳。那个女主持人的变化是极大的，她直言不讳地说自己去韩国整容了。

现在很多娱乐平台都在推荐"网红"女生，作为一种谋生之道无可厚非，但她们的样子往往让人分不清谁是谁。开眼角，眼部周围画又黑又粗的眼线，戴着美瞳和硬邦邦的假睫毛，清一色的一字眉、尖下巴、小窄脸，鼻子两翼涂深色，修饰得笔直，一头乌黑长发非要染成其他颜色，怎么看都觉得有点儿怪。不过，对她们来说，一旦卸了妆完全可以否认那是自己。

我不反对女生化妆，而是说尽量别化浓妆。生活里不要太戏剧化，烈焰红唇不是时尚而是"奇葩"。比如时尚圈流行透视装，你会穿着上班吗？

女生最怕的就是丑、老、胖。有些青春美少女急着长大穿上人生中第一双高跟鞋，迫不及待地用美肤效果很好的化妆品，用一层层粉底遮盖青春的稚气和可爱，渴望把自己变成一个成熟的女人。而已经成熟的女人总想脱去折磨双脚的高跟鞋，换回中学时的那双白球鞋。

成长的印记是无法掩盖的，从手上、脖子上，甚至眼神里都有表现，你藏不住，自然很痛苦。最恐美人迟暮，所以很多人转型为才女，林青霞开始写书了，张曼玉开始唱歌了，每个人都想找一些与岁月抗衡的东西，来证明自己的存在感。

那天看《杨澜访谈录》，嘉宾是宋丹丹，她穿了一身黑衣服，戴着黑边眼镜，头发短短的，很干练。有个小男孩问她：丹丹阿姨为什么不留长发呢？她说，因为她年龄大了，梳长头发不好看了。她也时常在孩子们面前称自己为丹丹奶奶，不避讳自己的年龄，勇敢地戴上老花镜。宋丹丹对杨澜说，有一天她发现腮上长出两道皱纹，第二天照镜子还有，第三天它还在那儿，她意识到，它永远长在脸上了。开始可能很难接受，但与其去诅咒和悲伤，不如开心地接受如今荷尔蒙已经不多的自己。

宋丹丹也曾是个美人儿，随意地梳一个发型，不用把脸上的痣点掉，就让人觉得很美。从《我爱我家》里的和平到小品里的白云，再到如今饰演各种妈妈的她，我一直很佩服她乐观、豁达的人生态度。

对女生来说，每个阶段有每个阶段的美，不用着急，不必攀比，也不需把自己变成谁，你就是你，独一无二才是美的标志。家长用不着刻意把女孩打扮得成熟，女孩年龄大了也用不着担心自己年华老去，岁月带不走端庄、大方、优雅和贤淑，美不是让你成为大众脸，而是人群当中，让人一眼就认出你。

先经营自己，再遇见你

人要适应生活，首先要适应自己。

微博上的一个小姑娘说自己最近很烦躁，原因是"大姨妈"还没有来。如此说来，"大姨妈"真不是个东西，它如期而至，你莫名烦躁，随时想发脾气；它来早了，你抱怨，还是烦躁；它来晚了，你盼星星盼月亮，也是烦躁；它不来，你就更烦躁了。

很多时候就是这样，人们习惯性地抱怨，不知足、不满意、没好气。眉毛拧在一起的时间久了就很难再舒展，即使你想笑，也笑得很难看。

工作忙了，你嫌累，抱怨自己没时间吃早餐、没时间娱乐、没时间谈恋爱、没时间陪父母、没时间旅行，总之没时间做自己想做的事情。

工作不忙，你嫌生活太空虚、太无聊，整天无所事事，像个百无一用的废人，你恨这样不求上进的自己，你抱怨社会不给你提供一展拳脚的机会。

你说，老天如何给你一个两全其美的安排呢？既让你充实，又不能让你奔波劳碌。

还是你本来就是一个怨天尤人的人，或者你根本不知道自己想要什么、追求什么、在乎什么。所以，无论老天给你什么，你都觉得不够好、不理想，不是自己想要的。

我一个同事的丈夫在创业，几乎没有节假日，好不容易休息一天，也是坐立不安。他说："还不如让我去单位干活，在家无所事事，手都不知道放哪里，心里总是没底。"

他认为作为一个男人就必须尽力去奋斗，让老婆和孩子过得舒坦，这样他才既充实又享受。这是他的价值观，大概就是甜蜜的负担吧！

我最近忙得晕头转向，一刻不停地在电脑前工作，不断地与各方客户沟通。尤其是昨天，糟糕的天气，阴雨绵绵，心情烦躁，早饭都来不及吃就开始忙活儿。以前我从没这么忙过，但这几天忙下来已经适应了，如果闲了，反而不自在。

一场秋雨一场寒，很多人开始穿秋裤了。妈妈打来电话说，她在家已经穿棉裤了，问我有没有穿厚衣服，我说我还在穿牛仔裤。妈妈埋怨我穿得少，并进行了一系列教育。妈妈的年龄越来越大，我们对同一个季节的感应也越来越不同，我这里还在过初秋，妈妈那边已经过上初冬了。

我记得去年还盼望着"十一"长假早点儿到来，可以一个人躲在房间里边吃糖炒栗子，边喝咖啡看温情电影。我当时还计划着，必须再看一遍《我爱我家》。

我很想要一种规律的生活，在规律中享受偶尔的惊喜与变化。

今天中午，领导要给我介绍一个大龄男生，我开玩笑说自己不喜欢大叔。婚姻可以没有爱情，却不能没有感觉；可以没有心跳，却不能没有情动；可以没有激情，却不能没有感情。

毕业好几年了，一切都还好，只是没有一个可以寄托情思的人。有时候缘分不如奇迹可靠，还是每天回家边泡脚、边看书更现实。

不忙的时候，我会做一期电台节目，可播出后几乎不会再回去听。我总觉得自己听自己的声音很别扭，很想找个地缝钻进去。陈鲁豫也说过，她受不了回头看自己的节目。

回家的路上，有人给我读我刚写完的文章。伴着一个温暖、性感的声音走夜路，那种感觉就像小时候听广播，主持人刚好读到你的短信一样，激动得好像第一次知晓短信的内容，认真地听每个字，包括他均匀的呼吸。我跟读我文章的人说："我每天下班前都写一篇文章，你读给我听吧！"对方竟然爽快地答应了。

　　每个人一生中必然得独自走一段路，多远不知道，多黑多冷也不知道，我只知道，这是成长的必然。此刻的我大概就处在这个阶段，慢慢地经营自己，慢慢地调整自己，找到最好的自己，然后遇到你。

你爱一个人的样子，我们都有

谈恋爱时，手机时刻不离手，生怕对方的消息过来时被自己遗漏，不能及时回复。更确切地说，是怕不能第一时间看到对方发了些什么。那种心情就像小时候交笔友，一封信写了好几页纸，塞进信封怕超重，赶紧又贴上一张邮票，塞进邮筒的瞬间，就开始期待回信倒计时。

你也许没交过笔友，但你可能等过这样一个回复你信息的人。

在没有微信之前，大家都用短信互通有无，每一条短信都收费，还有字数限制，总是写了删，删了又写，用最简练的句子表达最精准的情绪。

现在有了微信，大家习惯了发语音，少了用九宫格输入法一个字一个字敲出来的质感，少了对每一个字的珍视。然而，遇见重要的人，也会斟酌再三才发出去，可能会有点儿忐忑，但又不好意思撤回消息。

不管世界怎么变，科技怎么发达，"喜欢"这种情感是亘古不变的，是想伸出手，却不敢触碰；是千言万语，却欲语还休。

我的一个男性朋友最近在谈恋爱，据他描述，女朋友人品不是太好，觉得花男人的钱理所当然，哪怕对方不是她的男朋友，都能搂搂抱抱开玩笑，一边答应做他女朋友，一边还骑驴找马。

两个人在一起还不到三个月，属于热恋期，他追了她半年，而她却报考了其他城市的公务员。

他问："如果你考走了，我怎么办呢？"

她说："就算我考不上，最后结婚的对象也不会是你啊！"

据了解，这个姑娘各方面都不出众。大家都很奇怪，她到底哪里吸引他呢？

她从不会主动给他打电话、发信息，除非有事找他。5月20日，他给她发了个520元的红包，她给他买了两条普通内裤，这也是她唯一一次给他买东西。他问："你给我买这个干吗？"她说："反正花的是你的钱。"她更不会主动关心他，对他不闻不问，有时还嫌他黏人、烦人。

我们几个朋友聚餐，另外一个男生的女朋友给他打视频电话查岗，我们都笑他是"妻管严"，唯独这个男生非常低落地说："我挺羡慕你的，我多么希望她也能在乎我一点儿，管管我，哪怕是查岗也好啊！"

大家都不笑了，因为这话听上去特别心酸。你的负担和烦恼，也许正是别人梦寐以求却求而不得的甜蜜。

他说："我连买个原装二百多元的充电器都舍不得，但是给她买口红、买项链，买什么都舍得，一点儿也不会心疼，我愿意把我的全部都给她。"

大家都不理解，这样一个女人，哪里值得他如此倾心付出？

我对他有一种怒其不争的恨意，但是我没再劝他，因为我知道他是真的动情了。在这个年纪能遇到一个人，让你放下偏见、成见、世俗的标准，甚至把渺茫的未来寄托在不确定的希望中，挺不容易的。像我们这种唯唯诺诺、拿着骄傲、自尊当借口，假装潇洒的人，只能心不甘、认命地去等待那个还没有出现的人。

他问我："你若喜欢一个男孩子，你会为他改变吗？比如你不会做饭，你愿意去学吗？如果对方不够成熟，你有耐心陪他一起成长吗？对方为你付出那么多，你会感动、会主动关心对方吗？"

我说："会，都会，而且对方也能感觉到。"

他无奈地说："她说她不会做饭，也不想学，她说我没恋爱经验，还劝我多谈几次恋爱，回头再找她，她不想浪费时间教我成长。不管我给她买什么，都看不出她开心还是不开心。我给她买的手链和项链，她一次都没戴过，还说我买的口红颜色她驾驭不了。"

我发现他总是低头看手机，屏幕按亮了再按灭，因为他女朋友说，信息要"秒回"，如果他没在五分钟之内回复她的信息，以后就再也不要联系她了。

我想起自己，对于喜欢的人，哪怕今天上了几次厕所都要告诉他。若不喜欢一个人，会条条框框地把自己的喜好统统丢给对方，比如不要在我充电的时候给我发信息；有事说事；把要发的文字整合成一条信息，别一条信息几个字连续发个没完；如果十几分钟才回复我，我就不会再回复了；尽量发文字，不要发语音，不方便也不想听，等等。

如果一个异性对你如此苛刻，只能说明一点，她不喜欢你。她不是不肯改变，只是不愿为你付出。你不是她心里的那个人，所以她才会心不甘、情不愿。

就像我，充电的时候不爱玩手机，发信息聊天也会莫名地焦虑烦躁。但是跟喜欢的人，哪怕顶着手机爆炸的危险，我也愿意陪君聊到深夜，第二天带着"熊猫眼"开开心心地去上班。而对于没好感的人，要么懒得看，要么想起来再回，或者干脆不回。

如果她不爱你，你所有的好都显得特别廉价。她也许会心存感激，会被感动，甚至觉得歉疚，但是都不足以让她感到快乐和幸福。

重要的不是某样东西，而是那个人在你心中的位置，给你带来的心情。

你买的礼物她扔到一边懒得拆，而心里的那个人第一次寄快递给她，她会把邮寄单小心翼翼地撕下来，放到礼品盒里好好收藏，仅仅因为这是第一次收到他的快递，而且上面有他的字迹，跟他有关的一切都显得弥足珍贵。

你送她999朵玫瑰，人家都嫌扔起来费劲，而心里的那个人第一次送花，她便把花瓣摘下，风干，夹在日记本里，每次看到都会甜甜地笑。

当你喜欢一个人的时候，你会问："你在干吗呢？"当你不喜欢一个人的时候会告诫对方，别总是问你问题；当你喜欢一个人的时候，手机一响就迫不及待地去看，当发现不是他的时候，就会有点儿失落，心里的潜台词是"怎么是你啊"；当你喜欢一个人的时候，面对对方的关心会欢呼雀跃，当你不喜欢一个人的时候，他的主动关心便是打扰，不！是骚扰。

你能为一个人拼命，却不愿意为另外一个人做一丁点儿改变；

你愿意委曲求全地维护一段感情，却不愿意容忍另外一个人的缺点；不管你喜欢的人是否伤害过你，你都愿意在原地等他，或者破镜重圆，而另外一个人为你掏心掏肺，你却熟视无睹，潇洒地转身离开。

爱与不爱的区别就是这么大，没有任何办法。

你爱一个人的时候，不想和对方错过每一个"早安"和"晚安"，你关心对方的饮食起居和心情，愿意放下自己的喜好。比如你以前喜欢出去玩，而今下了班却第一时间奔回家；你以前通宵打游戏，而今却把游戏卸载了。哪怕只是一起看看电影、说说话，你也愿意和他虚度时光。

一个男孩子在聚会上总跟女朋友发信息，其他同事不理解，还以为他女朋友黏人，不放心他出去玩。

其实，男孩子的女朋友告诉他："你先吃饭，跟同事在一起总看手机不好，等你回家再说。"

爱就是这样，说了无数次"挂电话吧""晚安""一会儿再说"，依然被一句话又引出无数句话，最后被自己的行为逗乐，恋恋不舍地结束对话。

他笑着跟同事说："我是真心觉得，跟她说会儿话比吃这顿饭要有趣。"

他的同事无法理解。

其实他没撒谎，发消息时不自觉地嘴角上扬，印证了他此刻的心情。

如果对方不是自己喜欢的人，哪怕回消息都会皱着眉头，极不耐烦。

有一次他跟女朋友吵架，发消息道歉时被另外一个男同事看到了。男同事拍拍肩膀安慰说："原来你也跟我一样，会发那么长的一段话给对方。"

是啊，爱的时候，那种心情和行为都是大同小异的。

妈妈说："找一个年纪比你大一些的会包容你，对你好。"

我笑了笑，对你好不好，是否包容你、让着你、疼爱你，不取决于年纪，而取决于你在他心中的位置，取决于他爱不爱你，以及爱你的程度。

爱情可以让人一夜之间成长，从不懂事、不在乎、自私，变成"我愿为你倾其所有"。如果没有了爱，只剩下责任与目的，那也就只剩下心不甘、情不愿了。

我们都曾是一个不肯低头、不肯忍让，觉得自己与众不同，不愿改变的人，直到遇到一个人，你想做他的拼图，便不停地修剪自己，去掉棱角，让自己变得更柔软，去适应他。比起受伤害、受打击，爱无力和爱无能更加可怕。爱，其实也是在挑战自己，需要你激活那个未知的自己。

那种感觉，不管是爱过还是被爱过，都是美好的，不管何时想起，都如夏日午后的窗前，暖风拂面，窗帘飘动，夹杂着花香，撩拨得人心痒痒的。

他们只是看上去不努力

　　初中那会儿，我们班有一个男同学很"另类"。上课时，他会号召大家一起闲聊、捣乱，跟老师抬杠；自习课上，他总是看课外书，或者拿着笔在手指间转来转去；下课后，他会第一时间冲出去踢足球，或者参加学校组织的各类活动。你几乎看不到他学习，可奇怪的是，他每次考试都能在年级排前几名。

　　传统的"学霸"，应该是听话的书呆子。可他号称自己从不熬夜苦读，每天一副玩世不恭的样子。

　　我呢，看似很用功，上课认真听讲，配合老师举手回答问题，下课还偶尔跟同桌一起背几个单词。自习课上，我从不扰乱课堂秩序，只是偶尔把随身听的耳机线从袖口拽出来，跟同桌一人一根，小心翼翼地塞进耳朵里，再用长头发盖上，假装很认真地低头写字，其实是在抄歌词。就这样，我觉得自己已经很叛逆了。

我也会读课外书，但不会借这种行为故意向别人展示我要跟枯燥的学习做斗争。回家后，我会先把老师布置的作业完成。可像我这样看似乖巧听话、刻苦学习的好孩子，除了语文之外，其他学科的成绩都一般般。晚上我很少在十点以前睡，经常听午夜各个波段的电台节目，我的电台情怀就是从那个时候培养起来的。

有一次，那个男同学把英语老师惹急了。英语老师向来心直口快，她指着那位男同学说："别看他在学校不学习，还扰乱课堂秩序，他是不让你们学，然后晚上回家自己偷着学。你们啊，全被他骗了。我跟他妈妈聊天，他妈妈告诉我，他回家话很少，吃完晚饭就开始学习，经常凌晨才睡，练习册做完一本又一本，真题试卷做过无数套，这些你们知道吗？"

教室里异常安静，我偷偷瞄了一眼，他脸上带着一抹奇怪的笑容，似无所谓，又似很尴尬。他极力想掩饰自己的情绪，手却紧紧抓着桌子的底板。

其实，有一次我无意间翻到他的练习册，除了学校统一布置的以外，还有很多从各个渠道买来的模拟习题，全都写满了答案。那时我就猜到了，他不是一个只聪明不努力的人，那些写满了答案的练习册就是证据。我想，如果他能更好地利用白天上课的时间，那么成绩应该不止于此吧？

大学期间，系里经常有逃课小分队，他们总是在上课的时候抢占最后一排，趴在桌子上睡觉或者读课外书，老师点完名后就消失。可是他们之中也有人一科不挂，甚至能得奖学金。

那是考试前最黑暗的一周，他们天没亮就去图书馆占座，晚上闭馆才回来，而我和其他同学却因吃饭问题而争论不休。他们的努力体现在凌晨还不灭的一盏盏小台灯，走廊里背题时踱来踱去的细碎步子，而我们这段时间的作息与平常毫无二致。他们的努力跟平日里留给大家的印象相比，真的很容易被忽略、被遗忘。最后的差别是，他们经常逃课，看似不学习、不务正业，反而能得奖学金，这不公平！

你身边可能也有这样的同事，他们上班经常迟到、早退，别人低头忙碌时，他总是在打游戏，可业绩却很好，领导也很赏识他，升职、加薪样样不落下。而你只能拖着累个半死的身子，仰天长啸，这不公平！

真的不公平吗？

人家到底有多少个日日夜夜加班的日子你没看到呢？人家看上去不努力，只不过是没在你面前努力而已。而你，却当真了。

你看似很努力、很上进，也只是看似而已。我们不得不承认，有些人天资比我们聪慧，但机会是留给聪明且上进的人的。那些明星在无数个失眠的夜里痛哭过，却在访谈中潇洒地说，当初很幸运，考才艺的时候只是跳了一段健身操就被录取了，或者说陪朋友去试戏，结果朋友没被录取，自己反而被导演看上了，从此一帆风顺地走到了今天。

多少新人演员磨破了无数双鞋，低三下四地给导演送简历，为了得到一个出镜的机会而委曲求全。可是他们不会告诉你这个过程有多艰辛，这个行当有多残酷，就像那些写成功学案例的书不会告诉你成功者是怎样努力的一样。

有些"富二代"，看似整天不务正业，但事业依然顺风顺水。这是因为他们做正事的时候没在你面前显摆，没让你知道而已。别以为只是运气好，上天再怎么眷顾你，等机会到来的时候你抓得住才行。拿别人的弱势比自己的优势，永远只能自欺欺人地在背后心酸地笑。

不要自作聪明地以为自己能看到别人生活的全部。世界那么大，优秀的人不在少数。你以为只有自己最聪明，可其他人并没有你想象中那么傻。

别人家的男朋友真的好吗

这些年流行一个词——"暖男"。什么是"暖男"呢？大致是看上去阳光、体贴、温柔，你的想法和需求尽在对方的掌握之中，只需稍微流露出情绪，他立刻能做出回应。"暖男"比"经济适用男"更懂得如何讨好女人，更受到女人的青睐。

具备"暖男"这种女人缘特质的男人，我们通常称其为别人家的男朋友——他很浪漫、风趣幽默、帅气，身材也很好，还会做一手好菜，最重要的是对女朋友特别好。

我上大学时认识一个男生，他的家庭条件很差，但他在学校里是一个风云人物。他全靠一张嘴哄小姑娘，谁做他的女朋友都会引来一片羡慕。他会在公共场合单膝跪地，从自己手上摘下一条麻绳小手链送给姑娘。可过不了多久，他又会把同款麻绳小手链送给另外一个姑娘。

"暖男"如同热水，追女生的时候就像在泡面，等到面迅速泡开了，水也就凉了。相反，有些男人就像冷水，外表冷冰冰的，不会把太多时间和精力放在女人身上，不会像贾宝玉一样，一只大蝴蝶风筝挂在竹梢上了，便笑道："我认得这风筝，这是大老爷那院里娇红姑娘放的。"他认识谁的风筝都合适，但他连大老爷房里一个通房丫头的风筝都认识，这样真的好吗？

很多女生常常抱怨，为什么我的男朋友不浪漫、不体贴？你看别人家的男朋友，会送花、会做饭，闲暇时还会带女友去旅游。而自己的男朋友呢？很少做家务，脚都懒得洗，从来不想着过情人节和纪念日。

说到情人节和纪念日，我和男朋友的对话是这样的。

他说："搞不懂你们女人为什么那么在乎这些形式，我想送你花、想给你惊喜、想和你出去玩，用得着在固定的某一天吗？非要那么重视妇女节、七夕节、情人节、生日干吗？"

我反驳说："是不用过那么多节，但生日、纪念日、情人节还是应该区别对待的。"

他不屑地说："你看，你不也一样在乎这些吗？"

我耐心地解释："不是全部都过呀，过这些节日就像是大年三十的晚上，全国人民都吃饺子，可饺子一定要春节吃吗？平时想吃不就能吃吗？而在一个特别的日子和氛围下跟着大家开心地一起过节，也很好啊！"

别的女孩子在情人节都有花收，脸上都是幸福的模样，也许她嘴上不说"我要这个，我也要那个"，可你忍心让她不开心吗？若你爱她，你会让她一个人在生日当天自己吃泡面吗？节日不重要，心意才最重要。

男朋友嘴上虽说从来没过过这些乱七八糟的节，却怕我有心结，七夕的前几天就跟我商量怎么过。

我没怎么在意。七夕的前一天早晨，他在上班的路上急匆匆地给我打电话："咱们快点儿定一下七夕怎么过，我今天要开一天的会，再不商量就没时间了。"

节日当天我收到一个包裹，是一瓶精致的防晒霜。这不是七夕节的礼物，在他还不知道七夕节的时候，他就给我买了，原因是他升职涨工资了。我打趣道："这是'孝敬'我的吗？"然后又腼腆地说一句："爱对了人，每天都是情人节。"

我欣赏他的这种温柔。当一个人想对你好、想为你做一些事情时，不会提前告诉你，而是在不经意间完成；不会刻意讨好你，而是真心对你好。

他是一个纯粹的理科生，又念了四年的会计专业，刚认识他那会儿就觉得他是个数据库，喜欢把什么都规划好，有逻辑性，不善表达、不懂变通。

我是东北人，为了讨好我，有一天他突然对我说："好久不看《乡村爱情故事》了，突然想看了。"

我一脸惊讶和茫然地问："你还看这个？"

他说："是啊！"

一个爱看日剧和动漫的人，跟我谈乡村爱情。我知道，他是真的用心了。

当然，跟我在一起久了，他变得幽默起来，以前他也较真儿，但也能为了我忍让、宽容，以前我话比较多，现在他反倒跟我抢着说。

浪漫固然好，你却希望他只对你浪漫；体贴是可贵，你却希望他只对你体贴。如此，就需要你花时间和精力去引导和培养他，用你的温度去温暖他，最后让彼此都感到舒适和满意。

如果只给你一半的幸福

　　高中时，我们班有个男同学，胖乎乎、笨笨的，学习成绩一直不好。他选择和隔壁班的一个女生谈恋爱，因为他觉得那个女生很聪明。高考以后，他勉强进了一所二本院校，女生选择了复读，不久两人就分手了。他在大学认识了另一个女生。毕业后，他的家人在老家给他安排好了工作，但他坚决不回去，而是努力考公务员，最后进了当地法院工作。女友的工作也不错，在当地铁道系统上班。后来，两家人合资给他们买了房，举办了婚礼。

　　再次见到这个男同学时，他瘦了，也帅了，言谈举止很得体。

　　你说，这就是人生逆袭吧？我说，这恰恰是人生的奇妙之处。

　　相比之下，我一直觉得老天在和我开玩笑，给我带来好运的同时，却又打了一半的折扣。比如，我选择了一个喜欢的专业，却没考进最如意的大学；我拥有很好的寝室环境，却遇见一群"奇葩"室友；我得到了一份好工作，却迟迟没遇到能修成正果的爱情。

但是，我依然热爱我的大学，我依然不讨厌那些室友，我依然在失望后期待美好的爱情。因为我知道，走到现在，依然有很长的路要走。

你问自己，怎样的生活才算得上幸福？

对于一些人来说，他们的快乐是去最好的城市安居，过着锦衣玉食的生活，和不同类型的人谈恋爱却不求结果。而另一些人的幸福是无论在哪里都波澜不惊，享天伦之乐，得一人心，看透所有风景，生活细水长流。这都是个人的选择，没有高低之分。你若说前者潇洒，可是对于喜欢安逸的人来说，这样的日子是迷茫且煎熬的，始终没有一个依靠。而对于事业心强的人而言，他们不甘心过平淡的日子，又没能力改变现状，只好自怨自艾。

所以，要想知道什么是幸福，就请先判断自己是什么样的人，再问问自己想要什么样的人生。无论选择哪种生活方式，只要自己愿意，绝不后悔，那就是好的生活。

你小时候想以后一定要飞得很远，远到再也不用听父母的唠叨，摆脱从吃穿住行都要被安排好的日子。念大学那四年，你终于可以剪自己喜欢的发型，买自己想穿的风格的衣服，和自己喜欢的男生谈恋爱，想吃什么就吃什么，睡到多晚都没人管。可是你慢慢发现，这样的日子过久了就会空虚，就像脱离了正常的轨道，缺乏安全感，太自由了反而不自在。于是，你开始想念家里的饭，想念妈妈在耳边的唠叨，觉得那样的生活才是踏实的、幸福的。你再次渴望有个人来管你、呵护你。

只身在外的你，生活中所有的事都要靠自己。自己买早餐或者匆忙做早饭，挤数个小时的公交或地铁去上班，再挤数个小时的公交或地铁回到冷冷清清的家，连一口热饭热菜都没有。好不容易逮着一个周末，理理发，买两件衣服，吃两顿饭，一折腾就是一天，大部分的时间都耗费在了路上。

你发现身边的发小、闺密、同学不像上学那会儿叽叽喳喳地跟自己腻在一起玩，他们都在忙自己的事情。大家只是得空儿了在微信群里吼一声、在微信朋友圈里留条评论，偶尔开几句玩笑，寒暄一下，大致知道彼此的近况，就算难得聚一次，也是酒比话多。

你越讨厌这样的生活，越想躲在安静的角落深思："这是你想要的人生吗？怎样才算得上幸福呢？"

我认识一个女孩，她在网上玩游戏时认识了一个男孩，玩着玩着就喜欢上了对方。后来女孩来到了男孩的城市。如今，两个人已经得到彼此家庭的认可，正在装修房子，年底就结婚。

我还有一个大学男同学，刚刚结了婚。新娘是男同学的高中同学。他们在不同的大学，毕业后女孩回家，男孩漂泊在外，他们的异地恋一直持续着。后来，女孩决定放弃家里的稳定工作，跟着男孩一起漂泊。

她们都愿意为了爱情、为了心爱的人做出取舍，放弃事业，选择爱情；或是离开父母，选择爱人。

幸福就是你有所失时，也有所得。

以前一直以为，人就这一辈子，前面的二十年没办法去选择什么，只有努力为未知的生活不停地奔跑。而大学毕业后，你可以选择一座愿意生活的城市，选择你的职业、恋人，那么，为什么不选择和最爱的人在最喜欢的城市一起生活呢？慢慢地我才知道，哪能事事都如你所愿，即便能实现一半，也已经是万幸了。

那天男朋友笨熊和我说，他看见一对年轻夫妇在摆摊子卖东西。男朋友感叹他们的人生停留在这个层面上实在可惜，青春就这么浪费了。

夜市上一对小两口在摊煎饼。对，他们的食品车上就写着"小两口煎饼果子"。买煎饼果子的人排着长队，两个人忙得不可开交。男的抽空儿给女人擦擦汗，女的抬头回应了一个幸福的微笑。我就这么看愣神儿了。

我说，没有什么比两个人幸福地生活更重要，可能你看着是贫贱夫妻，但他们的内心是满足的、快乐的，有些人虽然过着富裕的生活，彼此的心却隔了很远。

笨熊笑着说，他早就猜到我会这么说。

是啊，我希望我们的生活是这样的。我们有着"朝九晚五"的工作，下班后一起买菜，一起学着做网上介绍的菜谱；酒足饭饱后一起出去散步，路上聊着这一天发生的趣事，顺便逛逛超市买点儿水果和零食；回家后，一起窝在沙发里看电视，一边看一边讨论情节，或者他上网、我看书，最后一起躺在床上闲聊，聊着聊着也不知道谁先睡着了，或许是一起吧；周末一起去健身，去看父母，去电影院，或者约几个朋友办个家庭聚会，如果有长假，就去远一点儿的地方旅行。

这些都是再平淡不过的日子，可是你会觉得这不幸福、不动人吗？对我而言，这一切都取决于我找了一个什么样的人，我所有的梦想都要有一个人来陪我一起实现才完整。我们互相喜欢，互相懂得，沟通不费劲儿，一拍即合。

如果幸福只给我一半的话，我会选择那个人，因为他，我的人生才会完整。我找对了人，便不会再害怕，不会再迷茫。

如果是你，你会怎么选择呢？

请允许别人不完美

外出的时候，熊先生的手机经常没电，为此兔子小姐三番五次地跟他闹情绪，急了还会吵架。他也很委屈，心想：我又不是故意的，北京的交通现状你也知道，一出门就是一整天，闲时玩会儿手机，电量就"蹭蹭蹭"地往下掉，我也控制不住啊！

可是他真的怕兔子小姐生气。参加朋友婚礼时，他发现手机电量不足，赶紧到处找电源充电，甚至有几次朋友聚会也因为手机没电而提前离席。兔子小姐也因此而难过，一方面不想他为难；另一方面又无法压制动不动就联系不上熊先生时产生的怒火。

兔子小姐很聪慧，她轻轻松松就能把生活打理得井井有条，绝对是居家过日子的小能手。而熊先生恰好相反，他不求精致有趣的生活，简约上进就好，所以，工作以外的事情，他总是记性差，而且笨手笨脚的。比如刚答应了兔子小姐要送她回家，手机一不小心被设置成静音模式，就无法及时接听兔子小姐打来的电话。兔子小姐很无奈，经常胡思乱想，如果真像他说的自己那么重要，他怎么会连一件小事也做不好呢？关心人这种事情，熊先生能做到兔子小姐的一半，她就知足啦！

很多女孩子跟兔子小姐一样有着类似的苦恼，一个男人该如何对待自己的女朋友才算及格，才算优秀呢？

看到微信公众平台上一个姑娘给我的留言，心情好失落，喜欢的人在她难过的时候从不安慰她，还拿她发的微信朋友圈信息跟她较真儿，他心里有她吗？是不是该放弃他呢？

那么问题来了，怎么做才算得上姑娘认为的关心呢？你生病时，他除了会说"多喝水"之外，能不能表现出担忧、心疼？你痛经的时候，他有没有惋惜自己不是女人，不能体会到你的疼痛？睡觉前，他有没有坚持对你说"晚安"？当你需要他的时候，他能不能立刻放下手中的事情，第一时间给你帮助？当你受欺负的时候，他能不能冲上来挡在你面前，帮你撑起一片天？当你做家务的时候，他会不会主动帮你分担？他会不会记住你的生日和各种节日，给你制造浪漫和惊喜？他是否知道你为什么生气，怎么又生气了？他的微信朋友圈是否放过你的照片？

如果以上统统做不到，是不是就证明这个男人不爱你了？如果一个男人不爱你，他还会在意你微信朋友圈发了些什么吗？还有什么可较真儿的呢？

你送他一个李子，他就一定要还给你一个桃子吗？如果他还给你一个苹果、橙子或猕猴桃，这统统都不算爱吗？你规定他一定要爱你一辈子，那么少一分少一秒都不算爱吗？他吃醋，你说他这是较真儿；他管你，你认为他是没事找事儿、小心眼儿；他心血来潮逗你开心，你说他幼稚；他给你讲冷笑话，你翻白眼说好无聊。这真的好吗？

一个女粉丝对我说，以前她会计较男朋友不主动跟她说"晚安"，但是现在即使他不说，她也会说下去的。

我说："恭喜你，如果你想坚持自己爱的方式，那就不要帮对方设计他该如何回应。"

熊先生偶尔也会忘记说"晚安"，但是第二天早晨上厕所的时候，如果在手机上看到了有趣的东西，他会顺手转发给兔子小姐。

请允许别人不完美，不要用自己的优势来要求对方也跟你一样，请多发现对方的优点，说不定那正是对方独一无二的魅力。

后来听兔子小姐说，她慢慢地理解了熊先生，因为他只是在很多事情上无法兼顾而已。熊先生其实有很多优点，就算吵架时不是他的错，他也会先低头，无论多么生气，都能很快调节情绪，然后温柔地说一句："亲爱的，别生气了。"他很包容她、珍惜她。

当兔子小姐任性的时候，熊先生也没有嫌弃她，而是笑她傻，并且霸道地说："我让着你一辈子。"有些人的关心是说一堆笑话或肉麻的话，而有些人只会笨笨地等你发完脾气后，伸手帮你擦掉眼泪，也许你喜欢前者，但请珍惜善待后者。

爱，是刀子嘴豆腐心

　　我从小就是一个循规蹈矩的好孩子，没说过脏话、没打过架，也没离家出走过，更没和父母决裂过。做过的比较出格的事是六岁那年，老师在讲课，我猫在桌子底下把认真听讲的小朋友的鞋带给解开了，最后被老师撵出去，一个人在操场上荡秋千，后来妈妈来了，陪我一起接受老师的批评。再就是往书包里放彩纸和剪刀，上课的时候偷偷做手工。我不知道那时候的自己在想些什么，只是不理解为什么要听自己不感兴趣的东西，所以小学时成绩一直不好。但我很骄傲，因为我会玩，还会照着小朋友的卷子给自己打分，结果回家拿给爸爸妈妈看，挨了一顿揍，因为我打的分数有点儿好笑：001。

　　再没心没肺的孩子也有懂事的那天，后来成绩好了，语文成绩拿年级第一，我写的作文也被拿到别的班级当范文。学校参加市征文比赛，团支书还会过来求我。

有好几次，校长拿着刊登了我文章的报纸跟我妈妈夸我，可妈妈从来不觉得我比别的孩子优秀，至少在她嘴里，我还是那个不懂事、淘气的小屁孩儿。

大学期间，我几乎每天晚上都给家里打电话，这已经成了一种习惯。参加工作后，有一阵子特别忙，大概三五天没给家里打电话，而且好几次没及时回复妈妈的短信。妈妈打电话时嗔怒道："你还是我闺女吗？不要你了，都不理我。"

可是不知道从什么时候起，我特别怕回家待着，因为总会有一些生活上的矛盾。我睡晚了是事儿，睡多了是事儿，不出门是事儿，不回家也是事儿。处在更年期的妈妈不停地唠叨我，两代人不同的作息习惯，听多了会烦，待久了想逃，可逃远了又想她。

每次受不了这种碎碎念，我就关上门做自己的事情。到了饭点，爸爸喊我吃饭，我习惯性地坐在他俩中间，故意把腿往妈妈身上一搭，偶尔她会挣扎一下，我跟没事人似的没话找话。有那么两三句，原本还靠爸爸调节气氛，然后又把他晾一边，我和妈妈开始说个没完。不过，偶尔也会把这股子气憋到第二天。

第二天，妈妈一早去上班，锅里有给我熬好的鸡汤，中午她会回来做我爱吃的豆角。她还是习惯性地把我丢在沙发上的衣服挂起来，顺手捡起我的袜子一起洗了，嘴上说我在家招人烦，但总会在我回家前几天就商量给我准备什么；嘴上说不爱搭理我，但每次我坐在沙发上，她都会按住我，让我多陪她看会儿电视，任凭我的脚丫放在她的腿上乱摆动。

她从来不赞美我，但是我知道，在她心里我的地位无人能比，我知道她对我的爱，我知道，我都知道。

我认识一对恋人，女孩跟我讲，每次跟男朋友吵架后都会后悔，但自己从来不说，不是后悔吵架伤感情，而是想起他每次因为吵架吃不下、睡不着，工作也耽误了就难过。以她的个性，心里藏不住事，不高兴了，委屈了，就会立刻表现出来，他一问，她就忍不住发脾气，而他只能不停地解释，加上他嘴笨，方法不得当，往往费了一番周折才能把她哄好。和好如初后，要么过了饭点，两个人都没吃饭；要么就是深夜，两个人严重睡眠不足，第二天又不得不顶着"熊猫眼"去上班。

所以，每次吵架过后，无论说了多少气话，甚至前一秒刚说要分手，下一秒她又于心不忍，催他赶紧订餐，生怕他少吃一顿饭，而她往往在这个过程中也没吃饭，只顾着哄他吃饭。这边她眼泪还没干，丝毫没困意；那边又劝他赶紧睡觉，别耽误上班。有时还有好多话没说完，就忍到下班再说，怕耽误他工作。

有一次，她刚发作完，就催他赶紧吃完饭快点工作。而她呢，躺在床上开始自责，怎么刚才也不看时间，竟挑他上班时间闹情绪，还让他误了饭点……一堆的自我埋怨。

而他也跟小孩似的，什么事都听她的，让订餐就订餐，让什么时候吃饭就什么时候吃饭，让吃水果就立马去买。他总说她是最温柔的，因为他知道，她做什么都是为了他好，只是有时候脾气有点儿臭，方法过激了，但这丝毫不影响他爱她。

上次回家，和妈妈面对面站着，给了她一个"熊抱"。她在我脑袋上比画了一下说："现在不行了，你小时候正好到我这儿，我也是这样看着你，你仰着小脸儿，我喂你吃东西，给你什么都不问，只管放心地吃下去。你小时候不爱吃牛肉，但是我做了牛肉萝卜包子，骗你说是猪肉馅儿的，你吃着挺香，吃完我告诉你是牛肉馅儿的，你一边做呕吐状，一边埋怨我说再也不吃了。但是下次你依然不闻不问，给你什么就吃什么，跟你说什么就信什么。"

妈妈说，这就是信任。

是啊，信任是不管你说得对还是错，不管你说得真还是假，我都毫不怀疑，因为我知道，你做的一切都是为了我好，绝不会伤害我。

有一种爱，不是一直哄着你，最后突然恶语相向，不是天天跟你信誓旦旦、山盟海誓，最后突然背叛你，而是不管自己多生气，还是会关心你，愿意习惯性地转过身拥抱你，即便说了你不想听的，也不会真的不要你、离开你，即便真的生气、真的伤心，等平复后，也会擦掉眼泪陪着你。

你不是不好，
只是与众不同

你要知道，在这个世界上，你若想活得与众不同，就可能遭受非议，承受很多白眼，甚至被大多数人排斥。

我妈催我找对象，她说，快三十岁了，得抓紧了，不能再这么挑了，别指望找各方面条件都好的，哪有那么完美的，差不多就行了，并给我下了死命令，一年内必须嫁出去。

我问她，就算今年谈恋爱，这么短的时间就谈婚论嫁，彼此间能了解透彻吗？万一合不来，离婚怎么办？

她说，一个姑娘到了一定年纪不嫁人，谁看着都别扭。在外人眼里，这样的都不算正常人，都会在背后议论"她啊，是一个老姑娘"。但是如果结了婚，就算是离婚，大家也觉得很正常，不会觉得怎么样。

我问她，难道我一定要为别人而活吗？我一定要将就吗？我幸福不幸福跟不相干的外人有什么关系？

事实上，你的背后始终有一股力量，如果你不按照他们的准则行事，就是搞特殊，就是三观不正，就是非正常人类。

这些人里，有的是自己过得不幸福，却喜欢在背后议论别人；有的是自己一无是处，却乐此不疲地说别人这也不好，那也不好。他们大概是想找一个看上去更不幸的人来衬托自己，假装自己过得很好，或者故意贬低一个光鲜靓丽的人，从而体现出自己跟对方也差不了太多，然后宽慰自己说："其实我过得还行。"

室友比我小两岁，她家里也开始催她赶紧结婚，以致她不敢回家，甚至害怕给家里打电话。她说："逼急了，我就再也不回家了，我们租一个大房子，该吃就吃，该玩就玩，好好享受生活，他们爱怎么说就怎么说好了，反正我不听。"

我认识的一个姐姐，因为家里逼婚，她就随便找了一个人嫁了，几乎是"闪婚"。婚后她说，当初就是一心想嫁人，嫁谁都行，就算嫁了再离也行，这样家里就不会再逼她了。她还说，刚大学毕业那会儿想缓一缓，好好谈一场恋爱，可是在长辈看来，二十六七岁就算大龄女青年了，还没等遇到喜欢的人，就只能投降，过上世俗人眼里按部就班的生活。结果就是，她至今都不知道爱情是什么样子、爱是什么滋味，后悔上大学时只顾着学习，没有好好谈一场恋爱。

我说，我不想屈服，不想因为背后的那些声音而改变自己的初衷。

我认识一个很有品位的已婚男士，他在朋友圈里分享自己家的装修图，我开玩笑说："还好卧室的床头没有挂结婚照，你注定是一个不平凡的人。"

他大笑说："我确实因为没挂结婚照，被人问起是不是跟妻子感情不和。我心想，这都哪儿跟哪儿啊，有必然联系吗？"

什么是世俗观念？就是长在骨子里约定俗成的东西。比如人们常说的，什么年纪就该有什么状态。

三十岁之前一定要结婚，不然你就可能孤独终老。婚后马上就得要孩子，不然就会被人怀疑你们有生育障碍，又是帮你们预约医生，又是给你们提供补品清单。有了孩子后，就得牺牲自己的爱好，把一切精力都放在孩子身上。母亲意味着要重新做人，把以前的自己丢掉，甚至做起了全职太太，断了跟外界的联系。父亲呢，要全身心投入工作中，哪怕偷个懒，去户外运动一下都是错，会被人说："都当爸了还这么自在啊！"

无奈的是，很多人打着"为你好"的名义来伤害你。他们设计了一条自认为安全的路线，让你照着走。可悲的是，这条路线未必适合所有人，对一些人来说，这条路线也许是歧途。

那天聊起娱乐圈，朋友气愤地说，她非常不喜欢某女艺人，离过好几次婚，快更年期了，还在谈恋爱、还想着要结婚。我说，一个女人希望自己一生都有人爱，不论什么年纪都还能品尝到爱情的滋味，并勇敢地追求幸福，这不令人羡慕吗？朋友说，这是缺乏责任心，这是生活混乱。我问朋友，难道那个艺人孤独终老，才算是一个好女人吗？

我还看到好多人在网络上骂一位离异的女艺人："挺大的岁数了，就要摆正自己的位置，你是一个单身母亲，不是一个小姑娘，好好照顾孩子才是你的正事，别整天想着交男朋友。"

在传统观念里，是不是单身母亲就没资格继续寻找爱情了？经历了一次失败的婚姻，就应该对婚姻绝望吗？

怎么才叫过好这一生？我觉得应该是符合自己喜欢的方式，且遵循自己的意愿。别人说什么，听听就好。只要自己没有违背道德，没有触犯法律，什么事都可以自己拿主意。

我把我做的电台节目分享到微信朋友圈，一位同事问："怎么跟你平时说话的状态不太一样？你应该从幕后转到台前啊！"我说："如果我平时也用播音的语气讲话，你们会习惯吗？不会骂我咬文嚼字吗？"他说："那也是，蛮别扭的。"

我做电台节目用"播音腔"是因为专业需要，这是对听众的尊重。我在日常生活中肯定不会用"播音腔"，这是习惯使然。但无论我用哪种方式说话，都是出于本心，而不是被别人强迫的。

这让我想到林志玲，自从看了她参加的真人秀节目，我就改变了对她的看法，她真的是一个"双商"极高的女人。

那天看她的励志演讲，她说自己那种嗲嗲的声音一直饱受争议，她试图改变过。可是有一天，别人因为她的声音认出了她，她才觉得自己的声音是有辨识度的，这已经成为她的标志，也是让她今天能站在这里的原因。

干吗非要活在别人的标准里呢？谁规定四十多岁的女人就不能嗲声嗲气，就一定要是听上去很沉稳的大妈音？假如你身上长着与众不同的纹路，就一定要硬生生地把它刮掉，改变原本的自己吗？那么，你让别人满意了，你平息了众议，就真的幸福了吗？这就是你想要的吗？

我很佩服那些坚持自我的人。没有哪一条路是标准答案，但是我们都有通往幸福的权利，而且选择权在自己手里，只是这条路可能很艰辛，在没有看到光明之前，我们都需要坚持。如果你也想走一条属于自己的路，想变得与众不同，那你准备好奋战到底了吗？

第三章

○

你的选择，无须别人干涉

没关系，因为你是好人呀

　　米粒刚参加工作的时候，领导想给她介绍一个男朋友，并以过来人的口吻语重心长地对她说："虽然他比你年纪大了些，个子矮了点儿，家境就那样吧，但是贵在人老实啊，这年头找伴侣，人好才是真的好。"

　　一旁的已婚女同事连忙点头，附和着说："对对对！过日子就得找靠谱儿的，只要人好就够了，这样便没那么多糟心事，等你结婚后就明白了。"

　　米粒若有所思地笑了笑，没再说话。她心想：找一个好人嫁了，真的就可以万事大吉，没什么烦心事了吗？

　　这个男生刚过三十就被盖棺论定为好人，这算是"德艺双馨"吗？虽然与他接触不多，但在米粒看来，他们所谓的好就是把自己不爱干的活理所当然并很放心地推给他，他总是面带微笑，点头回应"嗯嗯嗯！好好好"。一有苦差的时候，领导第一时间想到他，可有好事的时候根本轮不到他，他却始终不急不恼、不争不抢。

当然，生活中这样的人特别适合做朋友，工作上也会是一个很好的搭档。他为人善良、礼让、实在、勤快、好说话，吃得了苦，受得了罪，任劳任怨，几乎达到了所有"好人"该有的指标。跟他相处，你不需要太谨慎，不必阿谀奉承，更不必担心他当面一套、背面一套，跟你钩心斗角、玩花招。

可往往就是这种口口相传的好人，才很难让家人从他那里获得更多的方便。因为他们凡事不与人争抢，为了面子先人后己，不好意思拒绝，最后成全别人、委屈自己。

一直以来，我们接受的传统教育就是踏踏实实、任劳任怨地做一个老好人，一定要懂得忍耐，要夹着尾巴做人。可是，爱面子、不好意思争抢的结果往往就是你干活儿比别人多，得到的好处却比别人少；你本本分分，好事却摊到别人的头上。

你想过原因吗？还不是因为你是大家眼里的好人，就算得罪你、坑了你、欺负你也没关系。

常言道，宁可得罪君子，也不得罪小人。和好人在一起不用顾虑他的感受，因为他绝对不会记仇，更不会报复，这样一个无害的人，还需要小心翼翼地去跟他维护关系吗？

前阵子米粒的公司开展了一项工作，几乎全程都是由她来完成的。任务量很大，耗时几个月，她起早贪黑、忙里忙外，发奖金的时候却拿得最少，而这并不是因为米粒人缘差，相反，因为负责这项工作的领导平时跟她关系很好。

米粒的另一位同事也跟这位领导关系不错，有一年发年终奖，这位领导发丢了一份，又不敢得罪那个人，于是找到她的这位同事说："能不能把你这份给那个人，这东西不值钱，不要也没关系。"米粒的同事也意会了，很爽快地就答应了，但是心里膈应了很久。

还有一次，原本领导准备给这位同事一个"优秀员工"名额，可另外一个同事不满，仗着资历老，大闹领导办公室。领导没辙了，只好找这位同事说："把你的名额让出来吧，你还年轻，以后多的是机会。"言外之意，你看那个人这么难搞，咱俩关系又这么好，你忍忍吧，别让我为难了。

她无奈之下只好点头同意，事后跟米粒抱怨，这种事要是换了别人，但凡有一点儿不公平早就抗议了，也就是她好说话。

小时候你乖巧，会有人摸摸你的头，夸你几句。可是，在我们成长的过程中，你会慢慢发现，有的时候，你尊重对方、认同对方，谦让和宽容的结果并不能让对方满意和感恩。你的容忍反而会变成有些人厚颜无耻的资本，甚至还会变本加厉地欺负你，当你是傻瓜，认为你软弱无能，不会反抗。

我大学时的一个同学，她向来我行我素，不与人为敌，也不与人走得太亲近，遇到麻烦事经常忍气吞声，抱着多一事不如少一事的心态，不去计较。人长得也好看，很有异性缘，导致班级里很多女生不喜欢她、嫉妒她。

后来调换寝室，我跟她成了室友。刚搬进新寝室，另外两个室友意图拉拢我一起排挤她。考试前一周，大家都在寝室复习，她这人闲不住，在寝室来回走动。我看得出来她怕打扰大家，蹑手蹑脚地，手机也调成了振动模式，可另外两个室友仍没事找事地指桑骂槐，想逼她更换寝室。

表面和谐的氛围最终还是被打破了。当天晚上，其中一个室友拉我到走廊商量对策，当然，我是拒绝的，因为我并没觉得这个女孩讨厌。相反，这段时间相处下来，我发现她单纯、开朗，没什么心机。即便生活习惯不同，也没必要欺负人啊！我不想参与这种无聊的钩心斗角，于是摇摇头，两手一摊，转身回寝室了。

再后来，寝室成员因为我的不配合彻底分裂了，从此我跟这个女孩成了好朋友，也没人再想赶她走了。

我还认识一个人，别人口中的他心眼儿小、记仇、爱较真儿，千万不能得罪。事实上，我与他接触并未感觉到其不讲理，也不像别人说的那样喜欢没事找事，他只是善于维护自己的权益，不是他的他不抢，该是他的一点儿也不能少。正因为这样一种性格，与他共事的人都很小心，不敢无故得罪他，也不敢轻易怠慢他，反而添了一份谨慎与认真，生怕搞得双方都不愉快。

我们总是碍于面子，觉得一些事情无伤大雅，就得过且过。长辈也经常教导我们：要安分守己、与人为善、行事低调。这些都没错，可律师郝劲松说："今天你可以失去获得它的权利，你不抗争，明天你同样会失去更多的权利，人身权、财产权……这种状况不是偶然造成的，而是长期'温水煮青蛙'的一个结果。大家会觉得农民的土地被侵占了与我何干？商店不开发票，偷税漏税与我何干？别人的房屋被违法拆迁与我何干？有一天，这些事情都会落在你的身上。"人人都知道杀鸡儆猴的道理，而我只是讨厌屈服。

身处这个纷繁的世界里，不是你不想惹事，麻烦就会自动远离你，不是你想做一个好人，就能现世安稳、岁月静好。

汪涵在一次直播"事故"中说："我没事不惹事，但是事情来了也不怕事。"我想，所谓的好人不只是指品行好，还一定是做事有态度的人。你要有底线，要保持礼貌和善意，要让对方知道你也有脾气，也会生气，也会反击。有些事你不是不在意，该是你的一定要争取，而不是吃了哑巴亏还独自忍受。

成人的世界里
没有牺牲，只有选择

有时候你会抱怨，为什么他那么偏激、那么偏执？可若不是这样一个特别的他，怎么会如此疯狂地爱你？有时候你会苦恼，为什么她总是那么敏感？可你要知道，她还有体贴、温柔的一面。你喜欢对方某个优点的同时，也应该一并接受对方的缺点，因为这个世界里，并没有绝对的完美。

世俗要求我们一定要有高学历，才能找到好工作，才能跻身精英；要求我们一定要跨越阶层，才不会被人歧视；一定要在三十岁之前成家立业，并且婚后几年内要生孩子……一定不要落在别人后面。

父母口中总是有一个处处都比我们强的"别人家的孩子"，所以很多人变得急功近利，无论是为了讨好父母，还是满足世俗的眼光，这一路就被催着往前赶，连回头的机会都没有，一旦落后了就会恐慌，还会有一种负罪感。

于是，这一路上我们遇到了一些人，有喜欢的，就追求，追不上就算了，大不了失落几天，然后满心期待地去追下一个人；追上了，两情相悦，但在相处的过程中发现了对方的缺点，还是放弃了，大不了难过几天，再马不停蹄地寻找新目标。找来找去，换来换去，年纪越来越大，选择面越来越窄，曾经认为绝对不能接受的人，慢慢地也可以说服自己：不求完美，不求有多喜欢，甚至没有爱情的婚姻也没关系，能过日子就行；不求一个随时有话说的人，能正常交流就行；不求门当户对，对自己好就行。

我的一个高中女同学，念书那会儿学习成绩不怎么好，后来勉强混到大学毕业。她长相一般，是典型的"女汉子"，并没有什么显赫的家世，也没有什么体面的工作，可就是在相亲时认识了一个男生，两人一见倾心，继而闪婚，现在成了一对恩爱的小夫妻。

我见过很多这样普普通通的夫妻，大多性情很好，对物质跟精神要求都不高，没什么梦想和追求，也不愿过多地去奋斗和付出，听多么冷的笑话都笑得出来。这样的两个人，不管过什么样的日子都知足。

还有一些人，他们方方面面都很优秀，并且知道自己想要什么、不喜欢什么，爱憎都太明显。

有人说，别指望太优秀的人会有什么好脾气。的确，彼此都是极具个性和思想的人，与之相处摩擦会更多一些，讲话稍有不慎便会争吵不休。当你做好心理准备找一个同样优秀的人时，你就需要有更多的耐心和宽容。

柏拉图在他的《对话录》中讲过一个关于爱情与婚姻关系的故事。大意是说，当你行走在一片森林之中，不断寻找适合的松树时，你会对比，当然你心中也有一个标准，可这个标准不得不因为规则即在寻找的过程中你不能回头而调整。年轻的时候我们往往不懂得慎重，不懂得自己想要的爱也是需要培养的，需要彼此付出很多时间和精力去呵护，在这个过程中还要放下自己的个性、骄傲，去理解和包容对方，并适度妥协。

可事实往往是，我们一再要求对方为自己改变，变得可以跟自己更和谐地相处，却忘记了"己所不欲，勿施于人"的道理。

熊先生认识兔子小姐之前是一个很自我的人，他的好恶是分明的，他的生活习惯也是根深蒂固的，可当他遇到了兔子小姐后，做事情之前不再只考虑自己，而是把她放在第一位。

他是个不能熬夜的人，典型的"十点睡"先生，多少次困到站起来掐自己大腿，四包速溶咖啡兑在一起喝，却还是坚持陪着她，非要等她困了才肯睡。无论是加班还是应酬，他都会告诉兔子小姐晚上回家的路上一定要给他打电话，因为他知道她怕黑，担心她一个人不敢上楼。若是在外面的时候手机突然没电了，他就算向路人借手机，也要打电话告诉她自己在哪里，让她别担心。如果他感觉到她不开心，无论多晚都会耐心地把她哄好，然后温柔地说："我不想让你带着坏情绪入睡。"即使不是他的错，他也愿意承担责任，主动道歉。他笨笨的，不太会买东西，但还是经常买些小礼物哄她开心。虽然他粗心大意并不在乎什么纪念日，但仍会提前问兔子小姐："我们怎么过呀？"

他的爱很执着，就像有一次给她买签名书，一开始找错了地方，等到了现场其签售已经结束，可他再三恳求，终于要到了作者的最后一个签名，因为他知道，她特别想要这个签名。他对待兔子小姐的爱也是如此，只要是他认准的人，就算有缺点也是白璧微瑕，他坚信，只要是他深爱的人，一定会在磨合中不断成长，会变得越来越好，这就是他理解的完美。这种完美不是一种状态，而是一个过程，一个趋势。他用别人不断寻找和放弃的时间去耐心培养一段美好的感情，他认为这一切都是值得的。

如果说花心是本性，那么专一就是选择，如果人人都有劣根性，那么愿意改变自己去适应对方就是选择。成人的世界里没有牺牲，只有选择。我们可以选择专一，选择接纳对方的缺点，选择让自己性情稳定，选择去取悦对方，选择不做对方讨厌的事情。

一个不知道自己想要
什么的人，算不上北漂

　　由于《北京女子图鉴》这部电视剧的热播，"北漂"一词又火了，火到我一度认为这个词有点儿俗，根本无法与梦想相匹配。

　　我认为只有像柴静这样的人，因为热爱新闻事业，在已经小有名气的时候仍选择去北京，一边学习，一边从头来过，为了情怀而努力，才算是"北漂"。

　　漂，是一种姿态。在还没有生根之前，俯瞰这座城市的边边角角，像一个会发光的夜行者，努力寻找与自己发同一种光的地方，找到了便可降落。

　　这需要勇气去尝试，而不是像没头苍蝇一样到处乱飞乱撞。

　　我有几个关系特别好的大学女同学，毕业后纷纷去了北京。

她们想闯出一番事业，而不想在一座小城里找一份差不多的工作，嫁一个差不多的男人，过着差不多的人生。毕竟，只有跨过山和大海，穿越过人山人海，拥有过一切，才甘愿走平凡之路。热血青年对什么都好奇，谁没有一颗不安分且躁动的心呢？

很多姑娘跟《北京女子图鉴》里陈可的初衷差不多，害怕每天按时上下班，三十岁之前忙于相亲，身边年龄相仿的男生都被介绍遍了，甚至还有重复介绍的；三十岁之后把时间和精力都放在孩子身上，持家主事，掂量着自己微薄的薪水，按几下计算器就能推算出退休前的工资，年复一年，一转眼就老了。

不甘心这么平淡下去，想掂量自己究竟有几斤几两，于是，有的人大学刚毕业就义无反顾地漂向远方，有的人则狠心丢掉"铁饭碗"，出去闯荡。

后者的决心和目的性更强，深知自己想要什么，不想要什么，努力的方向是什么，并且做好了初步规划，而不是走一步看一步。正因如此，才敢斩断后路，一往无前，其成功率自然也是最高的。

很显然，陈可是因为有一颗不甘平凡的心，才毅然决然地去北京。男朋友因家中变故不能去北京而与她分手，她只身一人来到北京，无依无靠，遭遇很多不公平的待遇以及突发事件，哭得很委屈、很无助，也曾因孤独而失眠，因挫败而绝望。

一次，她得了重感冒，在医院输液，想上厕所却脱不了裤子，哭着请旁边的阿姨帮忙。"女汉子"型的人看到这个桥段，也许会觉得她太矫情了，至于吗？

如果单单是求助于人，可能不至于，可如果你的闺密们都找到了幸福，有依有靠，只剩自己在外打拼，还被房东赶出来，带着病搬家，所有负面的情绪就会集中爆发，委屈与无助就会被无限放大，直至崩溃。

我能理解那种无助，只有经历过才会感同身受。我参加工作的第二年，跟房东合住，房东是一个七十多岁的老奶奶。在一个冬夜里，我下班回家，家里没人，一片漆黑。起初只是怕黑，但当我看到客厅里摆放着一张陌生人的遗像时，彻底崩溃了。

房东年纪大了，很少用手机，我联系不上，而且那天我没带钱包回来，又不好意思大晚上打扰别人。

刚巧一个朋友给我发微信，她知道了我的处境后，立马打电话安慰我，稳定我的情绪。当我冷静之后，想起房子是同事介绍的，同事的同学是老太太的女儿。于是，我找到了同事，同事联系到了她同学，她同学又找到了她妈妈。最后得知，老太太是提早知道家里停电才去儿子家住的。

她女儿知道我一个人害怕，带着孩子赶过来陪我住了一晚。

这样的经历，就像一个"路痴"突然面对无数个岔路口，四周无人，会焦虑、迷茫、害怕，甚至开始怀疑人生：当初为什么要选择这样的生活？而这个时候，就需要一些励志的话给自己打气，比如："不要因为走得太远，而忘记当初自己为什么出发。"

可能漂泊在一线城市的人会说："当然是因为梦想啦！"

那我就要坐在导师席上问一句："你的梦想是什么？"

比如陈可，她的梦想不是进入某个行业，不是坐上某个位置，而是想在北京站稳脚跟，过上更好的生活。

然而，究竟什么是更好的生活呢？她并不知道。于是，她开始效仿别人，别人有的她也想有，以为那就是真的喜欢。她丢掉了自己原本的品位，奢侈品成为她的审美标准，别人买了LV包包，她透支信用卡也要买。身边的姐妹们都结婚了，她也开始急着嫁人，深夜寂寞难耐时会在微信朋友圈发征婚广告，顺便备注一句：条件相当的话，接受闪婚。

其实，真正的满足不是你有的我也得有。你有自己的偏爱，有自己的执着，这是个性，盲目跟风只会让欲望变成无底洞，永远填不满。

她在一个接一个错误的相亲目标中体会到了什么叫不合适，于是不再幻想看似很美好的糖衣炮弹。而究竟什么才是自己想要的呢？她依旧迷茫，迷茫使她无助，所以一错再错。

得不到幸福的根本原因，是你连自己想要什么都搞不清楚。一个个错误的方向，一次次为错误买单，直到再回头，不该错过的都已经错过了。

她不知道自己渴望什么样的婚姻，她那一段段失败的感情就像连环画，里面有形形色色的男人，换男人比换工作还勤，一年一个类型不重样儿。驾校偶遇老同学，领了驾驶证马上领结婚证，一言不合又说离就离；还没搞清楚对方是什么样的人，自己爱不爱，就急于投怀送抱，相处之后才发现彼此不合适。

失败的恋爱史证明那些男人都是"渣男"吗？不，跟她口口声声说不想结婚的人，转眼间跟别的女人"闪婚"了。想跟她结婚的奋斗小青年，她又嫌弃对方小市民，没出息。

在这部剧里，我看不到热血青年寻找梦想的情景。陈可所谓的奋斗，除了陪客户喝得醉醺醺，几乎体现不出她的工作能力，事业心也仅仅表现在"我好忙啊"的口号中。

一个从头至尾不知道自己想要什么的人，始终在深一脚浅一脚地尝试，别人考研你也考研，别人考公务员你也跟着考，没考上没关系，继续跟着别人去一线城市追求人生的种种可能性。这种"半推半就"的人生，与城市大小无关，最多就是换了一个陌生的环境而已。没有灵魂的前行，不配叫漂，最多算是随波逐流。

你的容忍，只是别人
变本加厉的资本

小秦因为工作应酬，难免要跟客户喝酒，本来就有胃病，偶尔喝多了，胃难受，第二天只能请假休息。他的一位同事起初只是半开玩笑地说："你总这样喝不行呀，身体都喝垮了。我上班经常看不到你的人影，一猜啊，你八成又是喝颓了。"

小秦只笑笑，不说话。

后来，这位同事时常在领导和其他同事面前说小秦因为喝酒耽误工作，三天两头请假不来上班。直到有一天领导找小秦谈话，委婉地说，不要因为特殊情况影响正常工作，尽量避免此类情况发生，如果被人抓住把柄就不好了。

小秦二话不说，直接去人事部把考勤表拿过来，往领导的桌子上一拍，领导一目了然，其实并非传言的那样。

而有个不明真相的同事也跟着凑热闹，时不时拿这事调侃小秦。小秦当众反击说："要独立思考，不要人云亦云，你们可以去人事部看看，我其实没请过几天假，我的工作时长反而要比大多数人都多。"然后趁机教育了那位附和的同事一番。

这位同事犯了一个低级错误，道听途说后以讹传讹，反而惹火烧身。所以说，为人处世，一定要用大脑过滤听到的和看见的信息，切忌被人当枪使。

小秦说，他不擅长玩职场攻心计，最怕遇见软刀子的人，明面上跟你称兄道弟、笑脸相迎，一副很关心你的样子，背地里却造谣生事，拆你的台。对待这样的人，他的态度通常是先忍让，若是对方还不知收敛，就发起反击，死磕到底。

我说："那你有没有想过，你的初次容忍其实已经成了对方变本加厉的资本？人都是有防备心的，一开始摸不清你的脾气和底线的时候，往往会试探你，就像你的那位同事一样，利用半开玩笑的方式对你展开攻击，当看到你并没有因此愤怒、反击的时候，他觉得自己是安全的，于是慢慢放开胆子，得寸进尺，对你展开更猛烈的攻击。"

在人际交往中，每个人心里都有一个度量衡，以此了解对方的脾气、秉性、喜恶，从而支配自己的言谈举止，该保持什么样的距离、该用什么样的方式相处，都心里有数。在完全陌生的人际交往中，我们亟待了解对方的性情。当有求于人的时候，第一个想到的是谁比较好说话、好相处。这不仅是策略，还是人心。

我认识一个人，人缘不差，为人正直，但是非常较真儿，眼里不揉沙子，翻脸比翻书还快，谁要是惹怒了他，他绝不会给对方留面子，典型的以其人之道还治其人之身。然而，一旦摸清了他的好恶，反而觉得与他相处不难。

当你面对一个危险的对手，想去接触他时就会犹豫，甚至会发怵，每个人都会权衡利弊得失，而你的态度是他考量的重要标准。所以，要想让别人了解你，知道你的真实想法，你必须用正确的方式打开属于自己的那一页。

我有一个习惯，时常把自己的好恶以及对一件事情的看法写出来，发在微信朋友圈里，让身边的人看到。如此一来，不用那么多磕磕绊绊，他们自然会对我有一定的认知，避免了很多麻烦。

我对小秦说："你一开始就应该表明你的观点和立场，下一次他就不敢毫无顾忌，甚至变本加厉地对待你了。"

如果我是小秦，当同事一开始用玩笑来试探我时，我就会找他的弱点和突破口，用同样的玩笑方式还回去，这样做既能避免尴尬，又能让他知道我并不好惹。他就能马上明白我的意思：做软柿子只是想让你尝一口，并不是给你随便捏的。

情商低的人到底有多讨厌

我们读书多年，一直羡慕那些聪明的同学，成绩好自然光芒万丈，成绩差只能坐在被人遗忘的角落，老师的眼神也总是流转在前几排的好学生身上。我们原本以为考好数理化就能畅通无阻地走遍全天下，以为高考胜利就是万万岁，以为念一所好大学毕业后就前途光明，但我们始料未及的是，步入社会后，必须处理大量的人际关系。与领导之间、与同事之间、与朋友之间、与恋人之间，靠的不再是智商，而是情商。

上大学之后才发现，即使你每个学期都能拿奖学金，也可能被室友排斥，在社团里郁郁不得志，找不到对象或者总被分手，动不动就得罪人。也许你不明白，到底是哪里出错了。是因为室友都是怪人，只有你一个人正常吗？是因为社团成员都没有眼光，看不见你的才华吗？是因为你总遇人不淑吗？

当一系列的问题统统摆在你面前时，若是把责任都推给别人，你大可以自欺欺人地释怀放下，但永远得不到成长。你固执地认为自己永远是对的，而不去反省、不去改变，远离你的人只会越来越多，你遇到的所谓不公的待遇也会越来越多。

你会不会常常因为自己性格直爽、有话直说而得罪人呢？小时候我们管这叫童言无忌，可如今我们长大了，即使面对至亲，开口也要慎重。也许你不理解，为什么那些常常说客套话的人反而更适应这个世界？难道这就是成人世界里的规则吗？

每个人个性中都有残缺的部分，而有些人懂得克制。克制本身就是一种爱，是你对身边人的保护，也是自保。不用自己的言行去伤人，也不会因此被误解，还能帮你抵挡很多来自这个世界的恶意。你会慢慢发现，我们从学校里走出来，步入社会，一切归根结底不过是人情的往来。

可有些人却把自己的缺点当作优点来宣扬，比如一个演员常常在真人秀节目里与人发生争执，处处挑刺找麻烦，说话不考虑别人的感受，还理直气壮地说："我这叫真性情，这就是我的性格，我没有恶意，也绝不会改变。"也有观众会附和："很对呀，他说的都是实话。"的确是实话，如果你相貌平平，他直接对你说："你长得可真丑。"这也是实话，你还会感到开心，认为他没有恶意吗?

我很怕这种所谓心直口快的人,他们说话做事往往不考虑对方的感受,让人无法应对。真性情是好事,真实不做作,不当面一套背后一套,与这样的人在一起不用刻意防备,会很放松,也值得交往。但真性情的前提是,不能因此伤害别人,需要知道合理的表达方式,做到最起码的尊重。

大学期间,我发现有些同学虽然成绩不够出众,但是能辗转在各个社团之间,身边的朋友越来越多,跟老师的关系处得像哥们儿,不管参加什么竞选,得票率都很高。难道这只是人格魅力吗?

参加工作后,我发现身边有的人人品很好,但常常得罪人,而有的人不费吹灰之力就能搞好人际关系,大家都夸他是个好人,热心肠,办事能力强。但事实上,很多时候后者只是借助已有的关系,用朋友帮朋友而已,最后达到双赢。于是我明白了,与人相处,给人的印象应是懂礼貌,有人情味,不咄咄逼人也不显得刻薄,让你觉得这个人很和气,而他也不因此感到疲惫,这就是高情商。

生活中,总有一些情商低的人让你苦恼不堪。

还记得大学时发生过这样一件事:有一次,我想冲杯咖啡,便烧了一壶水。水刚烧开,室友就拿着杯子走过来,我把水壶先递给她,心想反正我只冲杯咖啡,两个人足够喝了。结果轮到我的时候，竟然只剩下半杯水，我看着半杯冲不开的咖啡，又看看她装满水的特大号杯子，默默地把咖啡倒掉，重新烧水冲了一杯，而这一切她浑然不觉。

她明明不是故意的，却令我很为难、很尴尬。也许她会认为不拘小节是优点，也是美德，却忘记了分寸。若分不清其中的界限，不拘小节就变成了不讲究，实在就变成了厚脸皮。

有的人就是这样，比如有个同事，上班经常迟到，领导怎么说，他也不在乎，依然我行我素。聚餐的时候，他把自己喜欢吃的菜转到自己这边，别人转过去的时候，他就用手按着桌子或者立刻再转回来。我问他："你没觉得自己有需要调整的地方吗？"他坚定地告诉我："是别人不够包容，人哪有十全十美的。"

很多事情你不在乎，并不代表别人也不在乎。我不知道情商高的定义，但是情商低的种种表现尽收眼底，用你的感受就可以判断。

为人处世的时候，我们要尽量做到让对方感到舒服，这是技巧，也是修养。

谁比谁容易，又有什么了不起

　　有人说，在《欢乐颂》这部电视剧里，每个女孩都能找到自己的影子。那么，在这部热播剧中，你最喜欢哪个角色呢？是没心没肺的邱莹莹？是热情、仗义、高情商的樊胜美？是聪明、果敢、直率的安迪？是有教养的乖乖女关雎尔？还是快人快语、敢爱敢恨、古灵精怪的曲筱绡？

　　当然，以上我用了褒义词来形容这五个姑娘，如果我换一种方式来介绍她们：双商极低、总惹麻烦、没头没脑的邱莹莹；虚荣、爱面子、爱纠结的樊胜美；不懂人情世故、说话做事过于直接的安迪；软弱、守规、无趣的关雎尔；自我、嚣张、刻薄、不考虑别人感受的曲筱绡。

　　你又会喜欢谁呢？每个人都有性格上的缺陷，它来自成长的环境、受教育的背景等。你不站在那个角度，就无法感同身受。

就像曲筱绡无法理解樊胜美的虚荣心、爱钱、死要面子。樊胜美好不容易从农村走出来，她穷怕了，用虚荣心来掩盖内心的自卑，小心翼翼地坚守着那点儿可怜的自尊心。

曲筱绡不相信三十岁危机这种事。可樊胜美不是安迪，她没有安迪的高智商和高薪水，不能像安迪那样即便终身不嫁，也能活出女强人的模样，生活无忧。

樊胜美只能凭借自己的姿色去吸引男人，而这一点会随着年纪的增大而贬值，这让她愈发坐立不安，所以她舍得花钱买纪梵希面膜，不管多困也要起来卸妆，不论走到哪里都要补妆。

她也没有曲筱绡那般殷实的家境，她不是父母宠爱的掌上明珠，没办法像曲筱绡一样任性挥霍，天不怕地不怕。相反，樊胜美有太多的负担，有让她不省心的哥哥、有等着她按月寄钱回去的父母，她走错的每一步都需要自己承担后果，没有人替她善后。她把希望寄托在找一个有钱的男人身上，渴望从此改变自己的命运，不再挤地铁、不再住出租房、不再买山寨货、不用催着盼着发工资、不再每天盯着银行卡发愁、不用等着促销活动才敢购物，也不用再害怕家里打来电话。

她信奉爱情吗？她是喜欢王柏川的，虽然她口是心非地说自己不爱王柏川，但她总拿着手机盼着他发来的消息，陪他去超市买办公用品，不知不觉地替他省钱。然而，在虚荣和喜欢之间，在面子和爱之间，她选择了虚荣和面子。

樊胜美宁可虚荣，也不愿意跟王柏川在一起，是因为面子比爱情更重要吗？当然不是，她只是习惯了，这是一种脆弱的自我保护，为了维护自己的面子，把牙嚼碎了往肚子里咽，然后硬生生地挤出一个笑来。

现在流行"尴尬症"这个词。尴尬症源于不自信，害怕冷场、害怕丢人、害怕别人瞎想。邱莹莹跟关雎尔以为樊胜美不在家，在客厅聊起了她，刚巧樊胜美的手机响了。之后她们俩去跟樊胜美道歉，樊胜美假装睡着了。她是如此的爱面子，甚至可以为自尊心放下一切。

她虚荣，但本性不坏，对朋友讲义气，愿意热心帮忙，甚至现身说法。她爱钱，但没有因为钱而不自爱。曲连杰带她去饭局，酒桌上有一位老板想揩油，她果断地想办法躲了过去。

她教导别人时头头是道，爱情的理论一大堆，善于给别人灌各种"心灵鸡汤"，冠冕堂皇到连自己都不信。她懂得很多职场和生活里的规则，会直白地告诉你哪一条是近路、哪一条是弯路。就连安迪都佩服她，找她参谋自己的情感问题。可这样的人往往就是我们说的：道理都懂，却依然过不好一生。

樊胜美太知道自己想要什么了，可正因为如此，她约束了自己的天性，不敢直面自己的真实感受、不敢相信自己的感情、不敢接受自己的感觉，甚至否定与预想不一致的感情现状，纠结其中，并硬着头皮走下去。

其实，没有什么是硬道理，人生是走出来的，不是设计出来的。住在出租房，开着低配车，没那么可怕。相反，跟一个没有爱情的有钱人过一辈子，却未必幸福。

虚荣，似乎是贬低女人的通用词汇。我身边也有爱慕虚荣的姑娘，她是单亲家庭，家境一般，但长得很漂亮。上大学的时候，异地恋的她会因为想吃一顿肯德基，去跟另外一个男生约会。每个月只有几百元生活费的她，会拿减肥当借口，把省出来的钱用来买山寨名牌服饰和化妆品。她的电子书阅读器丢了，家里不给她买，她会在电话里责怪男朋友没用，用别人的男朋友来刺激他。

很多女同学都不喜欢她，室友集体排斥她，印象里她就是一个独来独往的人，没有同性朋友。后来我们分到了一个寝室，我跟她成了朋友，但这并不代表我也虚荣。

刚认识她那会儿，我对她也有偏见。跟她有暧昧关系的男生太多了，她的手机短信和电话接连不断，有百分之五十来自不同的男生。我做人向来拎得清，不喜欢占人便宜，也不愿意欠人情，尤其是男生的，但她恰恰相反。我虽不理解她、不认同她，但我并不否定她。

作为朋友，她对我真心实意，每次放假回校，都给我带好吃的。她在寝室的东西让我随意用，从不吝啬。我生病的时候，她拍着胸脯说："你只管好好在寝室躺着，我帮你去教室喊'到'。"走之前，她会监督我喝下难以下咽的药，下课后再给我捎回热粥。

毕业时，她让我先回家，送我上车，她留下来去教务处打印了成绩单后寄给我。她很好地扮演了一个朋友的角色，心里话都说给我听，也很认真地替我出主意。而我有什么资格要求她在其他方面也跟我保持一致呢？她怎么去谈恋爱，是她的选择，她喜欢物质享受，确实有点儿虚荣，可这并未妨碍到我。她不会算计我，不会欺瞒我，我成功的时候会真心为我鼓掌，我难过的时候也会真的担心我。这难道还不够吗？

不要道德绑架别人，而应先约束自己。不要把刻薄当作心直口快，更不要把不考虑别人的感受当作直爽。

人人都有虚荣的一面，跟朋友吃饭抢着买单，出国的时候发定位微博，吃大餐必先拍了照、发了微信朋友圈再开吃，买了山寨便宜货不好意思报真实价格……

关于虚荣，樊胜美只比我们稍稍多了那么一点儿，又何必五十步笑百步呢？

安迪说没有人是完美的，我们心里可以有不同见解，但是不能随意向别人"丢石头"，更不能随意评论、干涉别人的生活。对方有罪，你又何尝无辜？与其站在道德制高点去苛责别人，不如先要求自己尽善尽美。

所以，我们要把对方当作一面镜子，不断地审视自己，不要成为自己讨厌的那种人。我们往往对别人苛刻，对自己宽容。就像曲筱绡一样，她说自己讨厌横刀夺爱的人，可是面对赵医生时，她的理论是，只要没结婚，即使他有女朋友也没关系，大家竞争上岗，各凭本事。曲筱绡瞧不起樊胜美的虚假，可她也曾为了达到目的而撒谎，骗取了安迪的同情心。曲筱绡鄙视樊胜美利用男人给自己买东西，而她明知道姚斌喜欢自己，却一面在嘴上称呼对方为哥们儿，一面把对方当作感情"备胎"。

王菲《开到荼靡》里的歌词写道：

一个一个一个人，

谁比谁美丽，

一个一个一个人，

谁比谁甜蜜，

一个一个一个人，

谁比谁容易，

又有什么了不起。

是啊，不要用要求伴侣的标准去要求朋友，不要用要求父母的标准去要求伴侣，不要用要求自己的标准去要求父母。如果你担心对方，就把你的想法和建议说给对方听，但是听或不听，权利在对方手上，请尊重对方，并且祝福对方。

安迪的顶头上司谭宗明说得对："了解她，关心她，即使性格不同，也能发现她身上的优点，这才是朋友。"

前半夜多想想自己，
后半夜多想想别人

有的人，对别人和对自己有两套做人的要求和标准。但凡遇到对自己不利的事情，他总是振振有词，动不动就跟你讲道理。

有的人在为人处世的过程中，常常把自己归于弱势群体，理所当然地要求享受优待。比如男女吵架，有的女人就掐着腰，指着男人的鼻子说："我是女人，可以不讲理、可以动手，但你作为男人就不可以这样。"

公交车上，有的老人刚上车就理直气壮地要求年轻人给他让座。如果你主动一些，他可能连一句"谢谢"都没有，因为在他眼里，这是最正常不过的。

于是，有的年轻人看到这类新闻后很气愤，之后在公交车上不愿给他们让座。

这个社会越来越冷漠，人与人之间充满了敌意和讽刺。

有一天出门，离目的地只有几分钟的路程，我就没系大衣的扣子，没想到一位陌生大妈隔着老远冲我喊："姑娘，把衣服扣上，多冷啊，会感冒的。"

那一瞬间，一句来自陌生人的关怀，让我觉得大妈好可爱，于是乖乖地系上了扣子。

记得有一次参加行业聚会，来自不同城市的同行分别坐在两张桌子上吃饭。一桌是四十岁以上的人，他们热火朝天地聊天，谈工作，开玩笑，举杯共饮，相互让菜。而我所在的一桌几乎都是二十几岁的年轻人，刚参加工作没多久，等菜的时候都低着头玩手机。菜上桌后，大家就自顾自地吃，全程几乎没人说话，气氛很尴尬，持续了十几分钟后，吃得最慢的一个人放下了筷子，这桌人就散了。

年纪大一点的人，坐个车、遛个弯都能找到合拍的人，聊得很开心。他们能跟邻居处得比远亲还亲，而现在的年轻人即使住在同一栋楼里，碰面也很少说话。

很多人都患有"尴尬症"，总是想得太多：怎么开口会比较自然？说什么才更恰当？说的内容对方爱不爱听？讲的笑话会不会太冷？说的话题是不是很没营养？

越来越多的人开始追求降低沟通成本，于是把话说得简洁、干脆，避免废话。

就这样，人与人之间少了很多热乎气儿。

各种社交账号加进来的好友不少，可是"死"在通讯录列表里的人同样不少。

以前等一个人的回信，可以是一个礼拜、一个月，甚至更久，满心都是期待。现在等对方回微信，如果对方没有马上回复，晚了三五分钟，你就会想自己在他心里是不是不重要了。

社会在快速发展，我们却愈发脆弱，怀疑自己、怀疑别人，懒得说客套话，认为很多东西都没用。有的人就连快递晚到一天都会投诉、给差评，在取回来的途中就迫不及待地拆开。

到底什么是有意义？时间花在哪里才不算虚度？我们感觉时间永远不够用，可越是害怕浪费，越是无法合理分配时间。

我的一位同事工作能力很强，喜欢删繁就简。有一次报送材料，对方一而再、再而三地打电话说没收到材料，同事急眼了，不耐烦地告诉对方："不要再打来了，已经报上去了，弄丢了也是你们的责任。"结果对方给我们上级领导打过去了，领导说："再报送一次。"

我理解这位同事的感受，我在工作中也经常遇到沟通方面的问题。有时候一个电话号码你需要重复四五遍，对方才能记录下来，搞得我也很不耐烦。但是转念一想，每个人的记忆力和业务水平各有不同，如果都按照自己的标准，甚至高于自己的标准去要求别人，反而会影响自己的情绪。

其实我也是个急性子，没什么耐心，曾一度非常讨厌跟反应慢的人打交道，不想说一堆废话，做一些无用功来迁就对方。比如做节目的时候，助理会有一些常规的工作询问，我每次都告诉他们一切正常，特殊情况我会请假，绝对不会旷档。但是他们每次都会照例询问，于是不管是谁，我都直接屏蔽消息，不予回复。可是，我慢慢地发现这种态度很伤人，甚至让人害怕接触你，对你敬而远之。

为此，我试着改变自己，放低姿态，而不是总站在自己的角度看世界。主持人方琼采访小孩子时，她会蹲下来，甚至半跪着跟孩子保持在差不多的高度上，看着他们的眼睛，像朋友一样说话，平易近人。

前阵子，有一个退休老阿姨打电话咨询换医保卡的事情，这事不归我们部门管，她应该直接去当地有关部门查询。但是听说她年纪大，腿脚也不好，我就放下手中的工作，帮她联系相关部门。

我问了她的身份证号，帮她查询，确认她的医保卡已经办好，再把取卡地址告诉她，很慢很慢地读，怕她记错又重复了一遍，还嘱咐她该坐哪趟公交车。

我想，如果我是她，出行的时候能遇见一点点温暖，就如沐浴阳光一般，尽管不是什么大事，也会感恩人情温暖。

还有一天，楼下保安说一个大叔被电话催来办事，但是联系不上是哪个部门，问电话是不是我打的。我说不是，保安就不让他上楼。大叔说，那他先回去，等联系上了再来。

我说："我下楼接您。"然后带大叔去各个部门询问，我告诉他："不想让您大冷天的白跑一趟。"

人都有不顺的时候，也有老了需要扶一把的那一天，当我们从一个强者慢慢变成了弱势群体，内心多么渴望别人能给予一点儿关爱、一点儿方便。

记忆力衰退、反应迟钝的时候，多么希望周围的人能够耐心地跟你慢慢讲话，重复一遍给你听。

走路慢的时候，希望后面的年轻人不会急得直跺脚。

公交车颠簸，站不住的时候会有一个年轻人从座位上站起来，说一句："您来坐吧！"

你知道那种渴望吗？尤其是在最绝望的时候。

我刚上小学时，学校发生过一场大事故。放学后同学们蜂拥而出，结果在教学楼门前纷纷摔倒，像叠罗汉一样，我被压在了最下面。

当时年纪小，怎么挣扎都挪不开身子，身上像压着一座五指山，四周全是哭喊声。那一瞬间脑子是空白的，我伸出手渴望被拉出去，冲着大家喊："救我，救我！"幸运的是，一个高年级的哥哥拽住我的手，把我救了出来。因为脱离得早，我只是有一点儿磕伤。

后来，那个年纪里发生的事情大都淡忘了，唯独被救那一刻的感动，刻骨铭心。那一刻，所有的恐惧和绝望交织在一起，我多么希望能够遇到一个善心的天使，而那个天使只是比我大几岁的哥哥。虽然他不过是用力拽了我一把，但对我而言，那是不幸中的万幸。

从此以后，我知道了感恩。这个世界上本就没有人亏欠你，别人对你一点一滴的好，都值得你记在心里，以爱的名义将之传递下去。

你不经意的一言一行，会给周围的人带去不一样的心情。

前半夜多想想自己，后半夜多想想别人，尤其是有些强势的人，别没事儿折腾人，请多给别人提供一些方便，毕竟你也希望被善待，不是吗？别天天期待岁月静好，只知道索取而不想付出一点点努力，这样的话，最后只能自食其果。

你要知道，你对别人的态度影响着别人对你的态度。

你选择的不是
一座城市，而是人生

经常听人们讨论这样一个问题：是留在大城市，还是回到小城市？在北京、上海、广州这样的一线城市，竞争很激烈，压力很大，梦想不容易实现；若是在老家，也许父母早就把房子、车子备齐了，甚至还能帮你联系一份既体面又稳定的工作。

在大城市，你拼上几十年也未必买得起一套房子，好不容易攒够钱准备买一辆车，拿着早就考下来的驾照，却好几年都摇不到车牌号。

可是，每年仍然有那么多人去大城市打拼，他们宁愿挤公交和地铁，到处碰壁，不停地折腾，也不愿意回家。大城市让人又爱又恨，爱的是氛围、是它的包容性，而不是那片繁华。

包容性，是我理解的文明，是一座城市乃至一个国家的文明。在大城市，每个人都在积极地创造价值，努力地实现自己的理想。这里的生活也许不是最好的，但能让你活得很自在，没有那么多条条框框的束缚。你可以打扮成自己喜欢的模样，像水一样，能适应各种容器，变换各种形态。

你永远不用担心穿错衣服，也不用担心口红的颜色太红、太紫、太浓，大家的衣着各有特点，妆容各有偏好。这种自在能带给人莫名的兴奋，任你怎么胡来，都不会显得突兀，反正每个人的注意力都有限，你也造不出什么"风浪"来。真的，这种自在感太迷人了。

你在大城市中是渺小的，那种渺小能给你带来安全感。没有人知道你经历了什么痛苦，也没有人知道你为什么开心到想在路上跳舞，你可以守着自己的小秘密，安心地度过每一天。

也许你觉得大城市的生活过于冷漠，但就是因为这一点点的冷漠，让你更自由、更随心所欲。

小城市的生活总是那么中规中矩，你稍微穿得张扬一点儿，就会迎来很多异样的目光，甚至对你指指点点。

在小城市，你不能特立独行。它给你定好了条条框框，你必须在规则之内，才算得上是一个正常人，否则就会被各方打压、排斥和疏远。在这种无形的压力下，即便你是一个正常人，长此以往，也会被当作"怪物"来看待，变得不合群。

生活在小城市里的姑娘，过了二十五六岁就成了大龄"剩女"，父母总是惦记着把女儿嫁出去。

婚姻原本是自己的选择，给你找对象却成了全家人共同的努力目标，"不孝有三，不在适婚年龄结婚为大"。相亲已经成为小城市中多数姑娘追求幸福的主要方式，但到底幸不幸福，可就难说了。

我认识一位阿姨，五十多岁，至今未婚，是大家口中的老姑娘。年轻时，周边的亲戚、同事给她介绍过不少男朋友，她看也看了，该尝试的也尝试了，却都无疾而终。

她说自己实在无法忍受跟一个不喜欢的男人在一起，更别说有任何身体上的接触，一想到还要跟他生孩子就觉得无比厌恶。

她朋友很少，同事们都不太喜欢跟她接触，说她古怪，还怕聊天时不小心提到婚姻、孩子等敏感词会伤到她。和她同龄的人基本上都是已婚妇女，百分之九十都在聊家庭琐事，话题也是围绕着老公或儿女，她根本插不上嘴。

久而久之，人们都躲着她，她的背影看上去更孤独了，甚至当她走在大街上，后面都会有人嚼舌根："就是她，这个女人啊，一辈子都没结婚。"

如今，这位阿姨退休了，卖了房子，她说要去外面看一看，说不定还会遇见爱情，有了家，就不回来了。

很多人惊叹，她竟然不是独身主义者？不是对男人绝望？不是想通了一个人过一辈子？

一辈子太长，谁说得清呢？

有些人一直在坚守着自己，不肯委屈自己，也不愿意将就，宁愿多等几年，甚至几十年，直到那个合适的人出现，这叫宁缺毋滥。

我认识一个漂亮的学姐，单亲家庭，有一个弟弟，一家三口住在五十多平方米的房子里。她毕业后考上了老家的公务员，熬到三十岁出头，领导给她介绍了一个在银行上班的男生，两个人处了两三年，终于准备结婚了。她结婚前，我说："姐夫人挺好的。"她一脸茫然地问我："好吗？就那样，将就吧！"

如今，她结了婚，生了一个女儿，过上了大家口中的正常生活，但她幸福吗？大概只有她自己清楚。

原本一个非常优秀的姑娘，过了三十岁就被盖上"大龄未婚女青年"的印章，然后被"打折处理"，介绍一个各方面条件都不如她的男人，还被认定这是般配。最可气的是，如果她不接受这样的安排，就会被人们说："你这个年纪，还想找什么样的？"但是在大城市里晚婚晚育很正常，大家都忙着事业，心态也平和得多。而且认识的人多，接触的圈子也多，遇到真爱的概率也大。

我很怕回老家，在外面待久了，觉得自己还是个孩子，终身大事顺其自然才好，急也没用，根本不用去想。但是一回到老家，就觉得自己时间紧、任务重，成了妈妈口中快到中年的人了。

我有几个"北漂"的大学同学，比如姚姚跟娜娜，她们都还单着呢！一个个好像刚毕业的活力少女，早晨变着花样地做早餐，下了班还会去夜跑，周末跟朋友们聚会，生活丰富多彩。

我喜欢她们这样的生活。她们敢和世俗抗衡，不至于变成弱者。

当然，小城市也有小城市的人情冷暖，它或许更接地气，让人有更多的时间和精力去享受人生，去体会亲情。大城市与小城市并没有好坏与对错之分，适合自己就好。

也许你和我一样，对物质生活没那么高的要求，却很渴望在文明的社会里，拥有一些空间、自由、尊重，有时间、有权利做自己。

一个人的善良不仅仅是你为这个社会做了多大贡献、做了多少好事，还包括你言语之中对别人有多宽容。不打扰、不评判别人，不去要求他人和自己一样，也是一种美德。

第四章

○

我们才是自己的假想敌

世上没有无缘无故的爱

人们常说，世上没有无缘无故的爱。父母爱你，是因为血缘，你是他们生命的延续。朋友对你好，一种是惺惺相惜、志趣相投，能说知心话；一种是对方有求于你，才会请你吃饭，说尽好话。恋人对你温柔体贴，是希望能跟你携手走下去，建立一个家，一起奋斗，相互扶持，共度一生。

除此之外，你的生命里还会出现另外一些人，我们称作陌生人。你们萍水相逢，只有一面之缘，甚至连对方的姓名都不知道。无所谓，这就像一次次旅行，你们都在这列火车上，无意间聊起了彼此都感兴趣的话题，可一转眼，对方到站要下车了，虽然意犹未尽，但谁也没留下联系方式。有的人会从中途上车，和你到达同一个目的地。还有的人就像推着小车的列车员，对你喊一句："来，让一让啊！"这些人，都是过客。

我认识一个人，他口中有无数个发小，今天帮其中一个找工作，明天把自己的房间分一半给另外一个人住，后天拿点儿钱救济下一个，总之，一直都在力所能及地帮助身边的朋友。

我对待闺密也是如此，只要是我的朋友，一定诚心诚意相待，认真听她们倾诉，帮忙分析，一起解决。但问题是，朋友不是亲人和恋人，亲人有血缘关系，恋人是一条船上的，两者的好坏都与自己息息相关。况且现在大多数朋友都是中学或大学的同窗，毕业后分道扬镳，过几年很多事情就变了，他可能不再是当初你了解的那个人，所以什么话能说、什么话不能说尤为重要。

我觉得，无论关系如何，都尽量不要掺和朋友感情上的事，即便对方征询你的建议，也要多听少说，以劝和为主。这是因为，如果你反过来劝朋友分手，无论他是否分手，你都落不到好。

第一种情况，他真分手了，他的另一半八成会怨恨你，认为一切都是你从中作梗。也许，连他也会把分手怪在你头上。

第二种情况，他与另一半和好了，两人可能会私下嘀咕："××怎么这么讨厌，居然劝我们分手，真是见不得别人好。"

总之，清官难断家务事，任何人的感情都可能是一笔说不清的糊涂账，当事人都不知道如何处理自己的感情，你又何必替他拿主意呢？

在与朋友相处的过程中，有的人经常有这样的疑惑：为什么我会好心办坏事？为什么帮忙之后人家还不领情？为什么做同样的事，明明我付出得更多，却不及别人收到的效果？

这些问题的答案可能各不一样，但我认为至少有一点是相同的，那就是你打心底就没关注问题中的细节。都说细节决定成败，什么是细节呢？举一个很简单的例子。

我们办公室有很多杂志没人看，放在书柜里摆着，别的部门的一个同事过来看到了，选了一些要拿走，结果落在了桌子上。我恰好去这个同事的部门办点儿事，顺便提醒他杂志还在桌子上。临下班前，他来取杂志，我赶忙起身帮他找袋子。他说不用，这么拿着就行，我说冬天冻手，硬是找了个袋子给他装上。他满是感谢，拎上袋子欢快地走了。

这么一件小事，提醒一句也好，找个袋子也罢，完全花不了多少时间，更不会损失什么，但能给对方带来不一样的心情。当你决定做一件好事时，为什么不让这些小细节锦上添花呢？

做同样的事，怎么能既方便自己又让对方舒心，是一种技巧。总好过临时抱佛脚，有求于人的时候再去百般取悦对方，这样为人处世，没有人会打心底里喜欢你。

生活其实是人情的往来，把各种细节都处理好，你就拥有了站稳脚跟的资本。你和对方建立友谊的基础是知道对方的喜好，重点出击。不过，需要注意的是，千万别为了满足别人而为难自己。人际交往本来就是与人方便、与己方便，为了让别人满意而让自己劳心劳力、得不偿失，就失去了交际的意义。

比如，朋友千里迢迢给你带了一瓶法国香槟，手还没焐热乎呢，你当着朋友的面一转手送给了别人，朋友得多么难堪啊！而我则善于在恰当的时机把自己用不上的东西送给需要的人，一方面不会造成资源浪费，另一方面如果能投其所好，就是两全其美。

大学那会儿，同学们特别喜欢找我陪着去逛街，原因是卖家总能给我优惠或者赠送一大堆赠品。比如买一碗馄饨多给我几个，买五个串多给我一串。再比如别人买一件衣服，店家打八折，而我买同一件衣服，店家愿意打七折。

为什么我会得到这些优待呢？因为我会说话，尊重别人的劳动。别人递给你东西的时候，你会说一句"谢谢"吗？你会不会觉得自己既然花了钱，对方为你服务是理所当然的，没什么可谢的。可你想过吗？那些摆摊子的人也想在家里享受享受，可是迫于生计只能风吹日晒。也许他忙碌了一天遇到的都是冷冰冰的人，而你对他嘘寒问暖多说两句话，他就会觉得很暖心。如果你临走的时候微笑道谢，想想看对方会是什么感受，这不用我多说了吧？

我想说，世上没有无缘无故的爱，也没有天上掉馅饼的好事，当你用心善待别人时，才可能被这个世界温柔相待。对别人宽容，你可能会得到意想不到的回报。你在要求别人该如何对你的时候，你对别人又做了些什么呢？

不是每次说分手，
都能换来一句挽留

我身边有两类姑娘：

一类是到了一定年纪，被父母逼婚，于是开启相亲模式，与亲戚朋友介绍来的条件相当的优质男士约会。几个月后顺利步入婚姻殿堂，婚后不久便有了孩子，接下来就是柴米油盐的生活。你会觉得这样很好呀，波澜不惊，和和美美，过日子哪里需要那么多"心跳"，况且你的父母、祖父母也都是这么过来的。

还有一类姑娘，坚决主张自由恋爱。结婚对象一定得是自己找的，是自己主动认识的，宁可接受在同一班地铁上偶遇的，也不接受朋友介绍的。而且必须有足够的培养感情的时间，少一分一秒都不行，否则都不叫真爱。先有好感才能谈恋爱，感情不是硬生生培养来的，不能将就，也不能凑合。对这类姑娘而言，结婚这一步往往很坎坷，有的人爱情长跑七八年还没领证，恋爱期间也是分分合合、一波三折，可真正到了修成正果那天，却能羡煞旁人。毕竟因爱而结合的婚姻，是多少年来脍炙人口的佳话，它有得天独厚的高级感。

无论哪一条路，能找到幸福的终点站，就是好的。

前者可以避免很多感情上的暗礁，一方面年纪摆在那里，对于幼稚的行为有了一定的抵抗能力；另一方面，彼此都觉得合适，就不会产生一些爱的副作用。比如他有没有在情人节送她鲜花、有没有用心给她准备生日礼物、有没有记得结婚纪念日，陪她的时间够不够多……她不会因为这些而徒生烦恼。如果他哪天突然给她制造一场浪漫，她反而认为这是捡来的惊喜，就像从旧衣服兜里发现了一张百元大钞一样。没有在一段感情里倾注那么多的时间、眼泪、挣扎，你就不觉得他欠你什么。

阅历可以让人变得聪明，不该说的不说，不该问的不问，这是克制，也是一种自我保护。

她甚至不敢过多地去追问他的过去，生怕破坏这种平衡，于是努力地维护，学着相敬如宾，只做好分内的角色。

当然也会有争吵，但这无非因为马桶盖是该掀起来还是放下去，过年是回娘家还是婆家，家务是该共同分担还是一人承担等琐事，或者说是生活中实实在在的分歧。这种吵架无伤大雅，吵一吵反而能促进双方的感情，是一种生活习惯的磨合。

后者呢，自认为视爱情如生命，付出了很多，所以无形中对伴侣的要求也就越多，希望能得到满意的回报，也认为这种回报是理所当然的。就像父母对你倾注的希望越多，对你的要求也就越严格。你可能做得很好，但如果没达到他们的要求，就会令他们失望。

这种要求主要指精神层面。比如她哭闹的时候，他有没有耐心哄她？她生病的时候，他有没有表现出心疼？她出差在外的时候，他有没有担心？她一个人走夜路的时候，他有没有放下手里的事情主动要求送她？他陪她的时间多不多？是工作重要还是她重要？甚至还会跟他的前女友吃醋、跟他的父母吃醋、跟他的哥们儿吃醋、跟他本人吃醋，绝对要霸占他内心的第一位才甘心。

她还会因为他的一个动作、一句话来判断他爱不爱自己，用一件小事来断章取义地判断他爱自己的程度，以至于忘记了他曾经对她的好，并且把当天一切客观因素统统抛开。她也会因为一件小事而牵扯其他，通过翻旧账、揭短、说狠话等方式来宣泄情绪。

以上就是普通恋人的日常生活。相爱的人难免相互折磨，他们最爱玩的就是分手游戏。之所以称之为"游戏"，是因为很多时候双方根本不想分手，只是想吓唬吓唬对方，或者想让对方悔改。游戏规则是删除对方所有的联系方式，拒接电话。即使联系上了，也要说狠话，尽管口不对心。当然，因为彼此相爱，都知道游戏规则，其中一方总能及时挽回。

然而，一个人的耐性是有限的，再好玩的游戏也会腻，你不能一根皮筋从小跳到现在吧？

第一次说分手，他可能会很在乎、很害怕，像个小疯子似的极力挽回。

第二次说分手，他会用苦肉计、"催泪弹"跟你忆苦思甜，最后两个人感天动地抱着哭，终于和好如初。

第三次说分手，对方会变得冷静而理性，跟你面对面好好谈，最后达成共识，若爱就请好好爱。

第四次说分手，可能对方已经习惯了，告诉你别闹了，好好过日子。

第N次说分手，也许他的回应就是："好吧，分手就分手！"

说出去的话，泼出去的水，是收不回来的。你傲慢地说分手，但能低三下四地挽回吗？往往不能，只能咬碎牙往肚里咽，咽下去就成了一辈子的遗憾，咽不下去会恶心自己一辈子。

电视剧《咱们结婚吧》里，桃子的妈妈说："就我这样火爆的脾气，一辈子都没说过'离婚'两个字，因为这两个字不是说说而已，很伤感情，甚至会导致婚姻破裂。"这是聪明女人的选择，该克制的时候能克制，知道分寸。

一个学妹跟一个学长异地恋。他们异地恋的痛苦之处在于，一个在大学里，一个先毕业参加工作；一个闲，一个忙；一个嫌对方总没时间陪自己，一个嫌对方怎么这么黏人。女生在大学里渴望爱情的滋润，男生背负着各种压力努力工作，矛盾无形中就产生了。

女生总是在微信朋友圈发表想法，抱怨男朋友没时间陪自己，觉得自己被冷落、被忽略了，不再重要了。她羡慕身边的女同学有人照顾，羡慕别人的男朋友浪漫体贴，终于耐不住寂寞提出分手，以为可以吓吓他，让他知错就改。谁知道对方也受够了，居然很爽快地答应了。

接下来的一段时间里，我的微信朋友圈就被这个女同学发布的后悔状态"刷屏"了。她说，女人说分手，只是想让他挽留，是一种试探，男人说分手就是真的想分手了，无法挽回。她还说，每天回忆两个人在一起的甜蜜幸福，好像另一个声音在说，其实在一起的时候，他也没少陪我啊，对我也挺好的，当初千不该万不该意气用事，现在后悔了，有什么办法挽回呢？

还有个姑娘，她也有分手的经历：谈恋爱期间意外怀孕，手术后总感觉男朋友没时间陪她，对她没有从前好了。于是她提出分手，男朋友就找各种理由挽留，说什么也不分，最后没分成。她冷静下来后，很庆幸男朋友的及时挽留，制止了她的任性。

女人在最脆弱、最缺乏安全感的时候会很敏感，对男人的要求也会变得苛刻，这需要足够的感情基础以及对方对你的了解和宽容。同样，不能只让男人包容女人，任何一方落后、摔倒，对方都能及时扶起来，这样才能走得更远。

二十几岁的年纪确实需要更多的时间和精力去奋斗，他陪你的时间少了，或者某一次把重要的节日忘了，这都不至于"被判死刑"，只有不爱了或者背叛，才值得你说一句："我们分手吧。"

感情就像种花草，根没烂，哪里不好治哪里就行了，何苦拔掉它呢？你要明白，那个人曾在你面前展示过最真实的一面，他的脆弱、他的无奈、他的不堪，你都了解，请不要因为这些跟他吵架了。

如果你们相爱，你觉得他可以依靠，千万别作，别动不动就说分手，除非你真的想清楚了并且不会回头。感情经不起反反复复的折腾，不是每一次说分手，都会有人死死地拉住你的手不放。

为什么你没有女朋友

最近有个男生跟我抱怨："你说我条件也不错啊，怎么就找不到女朋友呢？就连条件一般的发小都追到心仪的女生了，为什么没有姑娘喜欢我呢？"

旧社会讲究门当户对，多数看重的是家庭门第。老一辈的传统观念是只要人好就行，这个"好"指的是人要实在、憨厚、踏实。我们父母这一辈认为，男生只要有一份体面的工作，能买得起车和房，男生父母有生活能力和经济保障，就算是条件好的家庭了。

到了我们这一代，要求就比较多了，首先要看着顺眼，这个顺眼的内涵就很丰富了，要三观吻合、要有话可说、要性格互补。

如果通过相亲认识，你只要硬件达标，符合父辈的标准，就可以顺顺利利地得到女生的微信号、手机号，以及约会资格。可很多男生刚刚跟女生取得联系，就被无情地拒绝了。

有一个农村家庭的男生大学毕业后在公安系统做了狱警。这些年他一直单身，家里人发动身边好多人给他介绍对象，但是他为人朴实，说自己只喜欢本分的姑娘，不要那种花枝招展的。

经过亲朋好友的鼎力相助，他终于遇到了一个靠谱儿的姑娘，还加到了她的微信。

第一次和姑娘聊天，他直截了当地说："我有句心里话想对你说。"

姑娘吓了一跳，小心地问："什么心里话？"

他说："我今天太累了，要下榻了，这就是我的心里话。"

姑娘说："那回头聊，晚安。"

他说："退下吧！"

姑娘一头雾水，看了一眼时间，才晚上九点。

第二天早晨六点多，他给姑娘发消息说："今天祝你工作顺利，心情愉快。"

姑娘迷迷糊糊中回复："谢谢。"

他说："不客气，为人民服务。"

姑娘无言以对。

之后两个人聊天，男生每说一句话都以"哥"自诩，整个谈话过程分不清他哪一句是开玩笑，哪一句是认真的。

幽默是一种很难得的特质，它能体现一个人的修养和气度。但是在两个人不熟的情况下，乱开玩笑，就是没有分寸、没有自知之明。只有在你足够了解对方的脾气秉性，对方也熟知你的性格习惯的情况下，你的玩笑才不显得突兀、尴尬。否则，毫无分寸的玩笑只会让对方莫名其妙，认为这是一种没礼貌的回应，甚至显得并不友善。所以，开玩笑一定要有前提，要找准对象，并且要适度。

第一次聊天的氛围很重要，甚至决定了对方会不会对你产生好感，下次还愿不愿意继续跟你聊。当你觉得很累需要休息的时候，为什么不等第二天有了时间和精力再跟对方聊呢？没有任何铺垫，像是完成任务一样跟对方硬聊，对方能对你有好印象才怪呢！

还有一个男生，在国企工作，家庭条件不错，身高和长相也都不差，但是毕业这几年一直单身。介绍人说这孩子内向，不爱说话，也不会说话，更不会处对象，让姑娘主动点儿。

家里给他介绍了一个门当户对的姑娘，两个人互相加了微信，但半个月以来说的话不到十句。姑娘倒是挺上心的，主动找话题聊。可男生就是一个话题终结者，每次姑娘问什么，他都言简意赅地回答，问一句，答一句，跟做考题似的，而且都是隔了好久才回复，只答不问。

姑娘问："你在忙吗？"他说："不忙啊，看电视呢！"

姑娘问："你每周都回家吗？毕竟两市之间也不近，不折腾吗？"他说："隔一周一回，客车方便。"姑娘家也是外地的，他并没有反问："你呢？多久回一次家？"

姑娘问："你大学在哪儿读的啊？"他说："某某大学。"

一问一答的模式，根本没有你来我往的交流。姑娘实在受不了，只好跟男生断了联系。

论相亲体验，也有热心亲戚给我介绍过。对方是个"富二代"，还把照片发了过来，长得不错，我也把微信号给了他。

他加我为好友后，没有间隔地发了两条信息：第一条是"你好"；第二条是简介，包括姓名、出生年月、某大学某专业毕业，毕业后去了某公司财务部工作，去年考上了公务员，中共党员。

我开玩笑说："哟，还存了文本模式，很专业啊！"

他说："聪明，你懂得。你也来一个自我介绍，不用非按照这个模式，基本信息说全就行。"

于是，我把我的基本信息发给了他。在我打字的过程中，他已经把我的微信朋友圈浏览了一遍。

他问我："你是情感电台主播？"

我说："业余爱好而已。"

他说："我只听新闻，从不听情感节目，太'磨牙'。"

他继续问了我一系列问题："你哪年出生的？你家几个孩子？你身高多少？你有编制吗？处过几个对象？"

因为是亲戚介绍的，我就一五一十地回答了，但还是忍不住调侃道："你不当警察真的浪费人才啊！"

他又说："今天天气很好，出来陪我去公园逛逛吧！"

我拒绝了他，他说："那算了。"过了一阵又不死心，问我："你做这个电台的收入是多少？能不能发家致富？我也试试。"

我客气了一下，说赚不到多少钱，他说："我开玩笑的，想发家致富我就去种树了。"

他听了一下我的节目又说："还以为《夜色温柔》是一个多么大尺度的节目，经常在网上看到类似《夜色撩人》的节目名称。"

我跟他解释："这是菲茨杰拉德一部小说的名字，柴静以前做过这个节目，我做下去只因为情怀。"

他突然很严肃地对我说："我刚回头看你说的话，我没在审问你，我只是走程序问了一些基本信息，你至于声讨我吗？我自来熟，爱开玩笑，注重效率。"

他接着问："你是不是脾气特急？性格不好？"

他又说："你不用给我普及知识，我读过历史、军事、地理等类型的著作，也发表过一些散文。大家都是朋友介绍的，再见。"

然后，我把他移出了微信好友。

后来通过别的朋友得知，这个男生在单位特别嚣张，仗着自己的家庭条件好，说话时常得罪人。他一直在相亲，但一直找不到合适的人，就成了大家口口相传"人家条件好，特挑"的那种人。

人与人交往，无论是什么平台，说话得体，让对方不尴尬，把话题进行下去才是重点。你会发现，那些以前你对伴侣的幻想及要求都能浓缩成一条标准：有话可说。我想听你说话，我想跟你说话，这就够了。

很多男生在亲戚的眼里很内向，而且被形容为不爱说话、不会谈恋爱。

我认识一个男生，大学主修播音主持专业，性格开朗，当过班长、学生会副主席，积极参加学校组织的各类活动。而他的家人说他性格内向，不爱说话，相亲不积极，介绍的对象也都不了了之。但他追求自己喜欢的女孩时却能死缠烂打，总有说不完的话，非常主动。

我的一个高中女同学，参加工作后相亲认识了一个男生。介绍人说，这孩子长得帅、本分，唯一的缺点就是不爱说话，给他介绍了好多姑娘都没成。可这个男生跟我这个女同学一见面就很投缘，根本没出现过无话可聊、彼此尴尬的局面，直到现在的婚后生活，两个人都是有说有笑。

有的人不是内向，是跟你不投缘；不是不爱说话，是跟你没话可说；不是高冷，是想暖的人不是你。

有的男生之所以没有女朋友，要么该反省一下自己，改变自己的态度，去了解女孩的心理；要么还没遇到那个可以让他找到激情、获得重生的女孩。

你为什么没有女朋友？这就是我给出的真诚回答。

抱歉，我们没有那么熟

我妈说，她的一个同事特别喜欢聊家长里短，有些是不想回答的，就得说假话，有时候没编好圆不回来了，那个同事还会刨根问底，让她解释清楚。

我问："那你为什么不实话实说呢？女人之间聊天，有什么可忌讳的。"

妈妈说，她什么隐私都会问，有些问题想回避，不想告诉她，她却穷追不舍。比如，她会问："你家存款有多少？是放银行了，还是投资了？你家有几套房？房产证上写的是谁的名字？你爸妈家有多少钱？你的高中班主任是谁？你的大学毕业证是全日制还是函授？"

我妈一脸无奈状，两手一摊："只差问我银行卡密码了！"

据说那个阿姨人还不错，可是，往往越实在的人越不把自己当外人，但这并不代表自己真的不是外人。因此，这类人在社交中往往表现出说话不过脑子，做事不把握分寸，以致永远不知道自己的存在是多么尴尬。

外国人见面聊天气，这就很礼貌。聪明人能尊重别人的隐私，善意地看待别人的选择。打招呼就只是打招呼，问候就只是问候，聊聊花花草草、兴趣爱好，甚至八卦新闻都很好。即便是熟人，如果总是打探对方的隐私，那也很不礼貌。

我的一个闺密就曾苦恼于邻居太过热情了。

念大学的时候，她每次在小区遇见楼上的老太太，老人家隔着老远就会冲她嚷嚷："哎，你又胖了，赶紧减肥吧！"搞得周围的人都看向她，很是尴尬。

正因为如此，她每次走在小区里都忐忑不安，生怕跟老太太来一次"美丽的邂逅"，无端给自己添堵，甚至难堪到下不来台。

有一次，她刚出门就听到楼下传来老太太的说话声，吓得她立刻窜回屋子里，通过猫眼向外看，直到确认老太太上了楼才敢再次出门。

大学毕业后，姑娘瘦了下来，以为终于可以不用躲着老太太了，结果老人家换了台词，每每偶遇都追着她问："有没有对象呢？该找了，可别太挑了，差不多就行了啊！"

直到这个老太太搬家了，她才如释重负，终于每天可以安心、自在地在小区遛狗，不必担惊受怕。

如果热情、关心是一种传统美德，那么，如何把握分寸就是一种能力。它会告诉你，不要随便介入别人的生活隐私，不要因为自己的好奇心而让对方难堪。

说实话，我很害怕那种自诩心直口快的人，只要他一开口，你永远都不确定他能给你带来多大惊吓，一旦抛出来的话让你没法接，就会面临各种冷场。与之对话，就跟玩扫雷游戏一样。

几代人之间是存在着代沟的，每个年代有每个年代交友、聊天、相处的模式。他们不理解我们这一代人为什么如此冷漠，在一个饭桌上吃饭都可以各吃各的，谁也不搭理谁。而我们也想不通为什么两个毫不相干的陌生人，买个菜、遛个弯都能聊得火热，甚至连子女的生辰八字都能送出去。

前阵子出差，跟一个四十多岁的大姐住一家酒店，大姐问我，结婚没？我说还没，她笑着说："不着急，有合适的就结，没合适的就等，一个人生活也没什么不好的。"

她还说，单位里年纪大的总是催年纪小的抓紧解决个人问题，甚至天天追问。她觉得实在没必要这样，成年人都有自己的想法，说多了反而招人烦，何必呢？

真的有这样一些人，毫不顾忌对方的感受，不管别人愿不愿意，只要是自己想知道的，都会直截了当地问，对方不想回答，还会穷追不舍地问。

有一次，公司里一个姑娘参加同事的婚宴，因为有长辈在，她特地去敬酒。酒桌上的长辈就开始关心起她的个人问题了："今年多大了？有对象吗？该考虑了！"

一听说姑娘三十岁了，一桌人异口同声："该抓紧了！"

一位叔叔辈的人说："就凭你这条件，我不信你找不到满意的对象！"

大家随声附和。总之一句话，就是她要求太高了！

姑娘无奈地说，她想找个聊得来的，这事不能将就，急不来。

那位叔叔点点头，对着大家说："劳烦在座的各位长辈费心，有合适的帮着介绍介绍。"

其中就有一位同事站起身来敬了一杯酒，发自肺腑地说："这事我很上心的，我的压力很大呀，她不着急，我都着急，私下里偷偷地介绍过，没敢告诉她。人家一听说她不是本地人，面都不愿意见，搞得我很被动、很尴尬啊！"

姑娘的笑容顿时僵在脸上，拿着酒杯不知道说什么好，在毫不知情的情况下，自己竟然被介绍对象，还被拒绝了，真是哭笑不得。

大家也很尴尬，有位同事试图打断他，摆摆手说："行了，行了，喝酒吧，别说这些了。"

他依旧喋喋不休地发表自己的看法，极力证明自己并没有不关心下属，但是事与愿违，并没人领情。

空气突然安静下来，一桌人的酒杯都尴尬地停留在半空中，直到姑娘站起来把酒敬了，离场。

我一直认为，这种毫无分寸的关心，以及让人难以接受的表达方式是情商低的表现，所以才会好心办坏事。

你以为自己想得通透，事情办得足够漂亮，其他人都是糊涂蛋，需要你指点一二来醍醐灌顶；以为自己在微信朋友圈转发的"鸡汤文"多么有道理、多么励志，也许别人一脸不屑，悄悄地屏蔽了你。

金星在节目中很骄傲地说，自己天天劝别人处对象、结婚、生孩子、要二胎。对于她们来说，这就像问"你吃了没""你冷不冷"一样亲切，一样稀松平常。更何况，我是在关心你呀，这都是为你好呀！

但我认为，这种问题一旦说出口就已经足够失礼了，何况你我并没有那么熟。

那些劝人减肥、找对象、结婚、生娃、要二胎的人，也许真的是好心，可是在对方眼里你就是多管闲事，很少有人领情，说多了反而让别人躲着你，不愿意与你接触。

谁不知道一瘦遮百丑，用你指指点点？谁不想有一个好的归宿？你催有用吗？谁不想多要几个孩子？可是工作这么忙，社会压力这么大，你是能帮着带孩子，还是愿意出钱雇保姆呢？

千万别把跟自己或者大多数人生活节奏不一样的人视为另类，也不必为其担心，每个人都有自己的活法。与其多管闲事，不如抛除一切生活隐私，同事归同事、朋友归朋友、亲戚归亲戚、街坊归街坊，其乐融融，好好相处！

我喜欢大城市的一点是包容性强，比如夏天怎么穿搭都行，踩着人字拖出门都没人盯着你看，更不会有人在背后指指点点。人人都忙着生活，精力有限，谁顾得上你呢？

真正的朋友会关心你，却不会逼迫你，因为他懂你。他也会替你着急，也试着给你制造机会接触异性，却不会动不动就用尴尬的语言刺激你。相反，那些毫不相干的人才会以这种方式拉近彼此的距离，误把强迫当作好心。

真正的好心，是你能尊重我的选择。

徐静蕾说："也许我是不婚主义者，但是我的闺密结婚我会祝福，真心替她们高兴，但是她们一定不是为了结婚而结婚，而是为了幸福。"

你按部就班地生活，一切看上去都那么规律、自然而然，可你未必过得比别人好，又有什么资格去操心别人的终身大事呢？

人与人的追求不同，幸福的定义与标准也不一样，大可不必以一个过来人的口吻劝人说："找对象嘛，会过日子才重要！结婚嘛，人好才重要！"

有的人愿意在宝马车里哭，有的人喜欢在自行车上笑，无须评判，你要知道，有时候冷淡也很迷人，人与人之间保持适当的距离，更美。

他想要的，不过是
一个结婚对象而已

　　我曾一度非常害怕热情的阿姨们开口问我："姑娘今年多大了啊？有对象没？想找个什么样的啊？"

　　问一问满足一下好奇心，或者关心一下还好，就怕遇到一个实在的阿姨，在"快问快答"环节结束后，她会在大脑里迅速搜索，根据条件"连连看"，最后通过亲戚朋友的关系找到这么一个人，然后介绍给你。

　　当然，人家是出于关心，毕竟谁也没义务去多管闲事，所以这种好意往往是很难直接拒绝的。幸好在通信发达的时代里有很多便捷的社交软件，可以先加好友，其他问题便可由着自己的心意来解决，这叫缓兵之计。

其实，添加微信好友，通过翻看对方的微信朋友圈来了解这个人，继而在聊天的过程中从陌生到熟悉再到产生好感，这也是一种认识的方式，只是平台不同而已，我并不排斥。让我无法接受的是目的性很强的交友方式，比如，加了好友，打个招呼，约出来聊聊，成了相亲三部曲。初次约会，彼此之间不了解，没话找话是非常尴尬的。聊浅了，对方觉得你没诚意，容易疏离；聊深了，对方觉得你太现实，容易反感。

对于一个不相信一见钟情的人来说，这样的交友方式不够自然，做朋友还好，若是还未喜欢上彼此就要求做恋人，刻意去培养感情，简直令人抓狂。

前些天，我在一家饺子馆吃饭，走进来一个中年女人，火急火燎地要给老板的女儿介绍对象。老板的女儿正巧在店里帮忙，客气地回绝："不用，我有男朋友了。"

那个中年女人一脸世故地说："那怕什么啊，同时处两个呗，我介绍的这个条件不错，对比一下，你选一个更好的。"

女孩一脸无奈地说："不不不，我男朋友挺好的。"

中年女人这才讪讪地走开，临走之前说："那真是可惜了，要不你再考虑一下？"

女孩一个劲儿地摇头："算了，算了。"

由此可见，一些人根本不关心你能不能找到幸福，只是想强硬地给你介绍一个结婚对象。

人若是目的性太强，活得太现实了，会变得又冷又硬，缺少人情味，做出的选择往往会违背初心。很多人坚决不愿意成为这样的人，比如我。

家里有女儿的父母都会着急，不少人劝过我，赶紧找一个人过日子，不然自己孤孤单单的，多可怜。

我说："如果找一个人只是为了搭伙过日子，那我不如趁着年轻多赚钱，等年纪大了去想去的城市，住最好的房子，多请几个保姆，何苦以婚姻的名义对他人进行契约绑架呢？"

我们听到的完美婚姻，往往是因为三观契合、相敬如宾，而不是勉强凑到一起，只为了完成各自所谓的使命，匆匆了此一生。

我们应该为自己而活，问问自己想要什么样的生活，想和什么样的人在一起。

《欢乐颂》里的关雎尔说："很多人喜欢我，是看到我的家庭条件不错，我的性格好，能成为一个好妻子，而不是爱上我这个人。大多数人不过是在找一个合适的人做结婚的对象。"安迪不解地问："随随便便找一个人就能过得更好吗？"

应勤说，女朋友从老家过来投奔他，让他在上海给她找一个工资高、不累、体面的工作，订婚要十万元彩礼钱，要在房产证上加上她的名字，要全套的首饰。

安迪说，相亲认识的一般没什么感情基础，结婚谈些条件，这能理解，也很正常啊！

应勤对邱莹莹说："换作你，你就不会管我要这个，要那个！"

我的一个同事，跟其丈夫是大学同学，一开始认识时，谁也看不上谁。他觉得她孤傲，她嫌弃他不帅，可是接触后，她倾心于他的头脑聪明，他喜欢上了她的那股子倔强劲儿。

她丈夫的家庭条件并不好，她不离不弃地跟随他来到一座陌生的城市打拼。如今，两个人在一起已经十几年了，还有一个可爱的女儿。

这是一个再普通不过的家庭，我想讲的是，这位女同事的丈夫在私企上班，非常忙，可每天至少要给她打三个电话。他很早就会起床，买好早餐，等到她上班的时间给她打电话，问她到没到单位？中午吃饭时，他会打电话问她吃得好不好？晚上下班后，他会打电话接她跟女儿回家。

有一次，丈夫给她打电话，她正好在别的办公室对接业务，手机落在座位上充电。一个多小时而已，丈夫就急着跟我们办公室的人打听她的消息。她回到座位一看，手机上有十几个未接来电，都是丈夫打来的。

我见过恋爱期间能齁死人的爱情，也见过平淡如水的亲情。所谓长情陪伴，并非只有一层夫妻关系，也并非只有责任，而是多了一层心疼和理解。

很多人恐惧"相亲"这个词，带着目的性去审视、衡量、尝试，而我看到的相亲者，多半都"闪婚"了，相处几个月后就领证了。

我的一个女性朋友，相亲对象是一个研究生，男生非常主动，发微信、打电话、邀约，看起来诚意满满。但女生总是找各种理由拒绝，男生就直接去介绍人那里告了一状，于是女生的妈妈给她上了一堂思想教育课，逼她去约会。无奈之下，女生和男生吃了两顿饭，一人请了一次，最后女生摊牌说不合适。

不合适就算了，男生也没再找过女生，但彼此的微信始终没删，男生还是会在女生的微信朋友圈里留言。隔了一段时间，女生打算清理微信通讯录时，发现这个男生和她已经不是好友关系了，只能看到他的微信朋友圈封面是他和另一个女生在海边的亲密合影。

女生瞬间明白一个男生会在什么情况下删除有过好感的异性，是在和你没有希望，却幸运地遇到另一个能携手相伴的人之后。就像你原本去商场买一双鞋，打包付款后，就没必要再到处看鞋，货比三家了。

另外一个男生朋友，是一个"富二代"，一脸桃花相，还弹得一手好吉他，深得女人心。他谈过一场非常用心的恋爱，女生比他大五六岁。听说他们在交往过程中，女生对他要求不高，只提醒过他："你出去玩我不管，但是别玩出格就行。"

在三十左右的年纪里，她想尽各种办法逼婚，或明说，或暗示。可是男生年纪尚小，玩心重，还不想结婚，最终女生忍无可忍提出了分手。

分手后没多久，女生就另嫁他人，直接度蜜月去了。

男生从没如此用心地对待过一个女生，他当然很难过。他的哥们儿劝他说："你伤心什么？这个人值得吗？她找的不是你，在她的心里，你并不是一个独一无二、不可取代的爱人，她不过是想找一个结婚对象而已。你不行，还有别人可以选择。"

是呀，人家只是在适当的年纪里想找一个结婚伴侣，你偏偏追求浪漫爱情。中途你如果不乐意，那就拉倒，总有人乐意，配偶只是一个位置而已，符合一定的硬性条件，给谁都一样。

就像有些微博互粉的人会发私信问博主可不可以"互粉"。这是一个很划算的买卖，大家都能增粉，增加活跃度，如果不乐意，那就算了。

所以，当我看到追求过自己的男生，曾经甜言蜜语、海誓山盟，说没你不行，转身却另觅新欢时，我都万分庆幸，还好明智地拒绝了，眼光真犀利。

一个博友说，她的嫂子从来不管她哥，无论她哥多晚回家，她的嫂子都不吵不闹。亲戚朋友们都夸她的嫂子大方得体，可是她始终觉得她的嫂子根本不爱她哥。

我问她，她哥和她嫂子是不是相亲认识的，她说是。我说，这就很好理解了。

我并非歧视相亲，而是反感没有感情基础，见几次面就着急结婚的现象。这样一来，两个人只是凑合着过日子，外人看来的大方得体，本质上却是漠不关心。

朋友说，需要相亲的人都是有情感缺陷的。有的人站出来反驳：对一个上班族来说，圈子太小，认识的异性太少，优秀的人更难求，通过亲戚、朋友介绍认识，也是一种途径啊！

这话没错，但不可否认，很多通过相亲认识的人，彼此间没有爱或者不懂爱，只不过本着合适的条件被拴在一起，觉得婚姻是人生的一个必经阶段。就像你一定要考上一所大学，它代表的只是一个学历，而不是一定要考上某所大学，考不上就重读，一次又一次，非得考上这所大学才行。何况，很多人都在志愿表里，勾选了"服从调剂"这一项。

通往幸福的道路有很多，相亲也有一见钟情，也能遇见真爱。但我希望的是，不要只为了扮演那个角色去配合对方演出，而要做你自己。婚姻不过是人生的另一个阶段，并不是终点。

男女之间哪有理解，
不过是爱的妥协

分手有一句万能金句："我们不合适。"

究竟怎样才算合适呢？

她不理解他，他没时间陪她；她太能作、太能闹，他不懂浪漫、不解风情；她娇得十指不沾阳春水，他懒到酱油瓶倒了都不扶；她在家里称王称霸，他总是在外应酬，喝得烂醉……

所谓不合适，是连对方生活上的小习惯都不能忍受，牙膏从中间挤，上完厕所马桶盖不抬上去，好几天才洗一次脚，衣服丢在沙发上不挂起来，内裤和袜子不手洗……都不行！

如果想分手，他喝点酒，抽根烟，打打游戏，她都厌恶。如果不想在一起，她买支300元的口红，穿件1000元以上的衣服，吃顿几百元的大餐，他都嫌贵。

你常常觉得对方不是不好，而是不够好；不是不在乎你，而是不够在乎你；不是不爱你，而是不够爱你。于是在辗转反侧和胡思乱想中，你匆匆忙忙地结束了这段感情。

接下来，你等待着一个更好的人出现，等待着下一段感情的到来。可是，你真的能如愿以偿吗？你错过的人，真的糟糕到难以拯救，唯有放弃吗？

那天看《郑爽的书》，郑爽在书里提到胡彦斌，她说："真的深深爱过，爱得卑微，爱得痛彻心扉。"

在一起时，他们俩很相爱。可是后来，女方觉得开心，男生却认为爱得太累。男方说："很多感情结束，并不是因为不爱对方了，而是因为太累了、太疲惫了。"

看到这里，我的心"咯噔"一下。其实很多人都经历过这样一种感情：不是不爱，不是不想在一起，而是彼此看不到未来，又舍不得放弃，充满了左右为难的无力感。

一天下午，许久未见的朋友给我发了一条微信，他说他刚跟女朋友吵了一架。

他的女朋友是一名幼教老师，学生放暑假后，她希望他能抽出几天时间陪她去泡温泉。他原本答应了，但因为工程中有个大项目未能如期完成，只好跟女朋友说取消泡温泉计划。

女朋友当然不依不饶，抱怨他不讲信用。平时工作忙，聚少离多也属正常，现在她好不容易有时间了，他还是没空陪她。谈了七八个月恋爱，这恋爱怎么谈的？

听她这么抱怨，他也急了，本来工程的事就让他很闹心，每天身心疲惫，还不被理解。他跟她讲道理，说这事不怪他，计划赶不上变化，又不是不想陪她，努力赚钱也是想给她提供更好的物质条件，况且等这个项目结束了，再去泡温泉也不迟啊！

他问我："为什么她就不能多体谅一下我呢？只是想得到自己想要的，却不考虑我的感受，我也想得到她的关心和理解啊！"

我说："不是女人不讲道理，而是你压根不懂女人。你的解释对于正在气头上的女人而言，等同于狡辩、搪塞、推卸责任、拒不认错。"

他说："别看我今年三十五岁了，也谈过几次恋爱，可我还是不懂女人。"

我接着问他："那你爱她吗？"

他说很爱，也想跟她有一个好的结果，但是目前看来，未来很渺茫，可能走不到一起去。

我打趣道："换作是我，你每天忙到深夜，相隔这么远，没时间陪伴，我也会不开心的。"

继而又帮他分析："女人在乎的是陪伴，满心欢喜地等了你这么久，一场约会还泡汤了，肯定会不满、抱怨、发牢骚，但是你作为男人要稳住，主动哄一哄，不就好了吗？"

他说："我也哄过了，可是对方根本不讲道理。"

我说："女人不是不明事理，她把情绪发泄出来，无非就是多抱怨几句，等她情绪平复之后你再解释，告诉她你爱她，在乎她，也想多陪陪她，只是总有身不由己的时候，但保证一定会好好补偿她。"

吵架的时候，男人争的是理，讲的是事实；女人在乎的是情，看重的是态度。

他又担心地说："可是我怕自己一味退让，对方会得寸进尺，终究有一天高高在上地对我颐指气使，那可怎么办？你要知道，人都是自私的。"

我心里"咯噔"一下，因为我以前听过几乎一模一样的话，不过当时没放在心上，以为这只是对方一时偏激的想法而已，没想到这就是人性，甚至这个想法不分男女，担心自己的迁就不能让对方感恩，反而觉得理所当然，并由此变本加厉，更加无理取闹。

曾有人对我说："你有一个优点，就是矛盾过后，和好了，是真的和好了，绝不记仇，从此翻篇。这种心态很多人都做不到的。"

我理解的不记仇并不是没心没肺、毫不在乎，也不是大度，而是一旦心里有隔阂，必须将其消解掉，不可能当作没发生过，继续扮演自己的角色。

然而，一旦对方主动退让、包容我，我就会顺着台阶走下来，嘴上虽然不说，但是会暗下决心，要感恩、珍惜眼前的这个人，是他舍不得你难过，才会对你这么好，这个人是值得的。所以，我的心态不像男生想的那样恶劣，更不会任由隐患叠加到一定程度，忍无可忍再爆发。

我很少交异性朋友，但我发现，当你跟异性聊天的时候，你会愈发了解异性的心理，从而可以从异性的视角审视自己，评判一段感情——噢，原来男人也会累，也会有情绪，他们不会像女人一样发脾气、说狠话、哭哭闹闹，他们只是不善于表达，需要多一些理解和宽容。

有时候，我想对爱情中的男女说，你能不能把对方想得好一点儿？别把你的爱人想得那么坏，别把你的爱情想得那么糟糕，结局可能就是另外一种。

同事的女儿四岁，一脸童真地对妈妈说："等我长大了，你老了，我也天天送你去幼儿园，让你看动画片。"

她是喜欢幼儿园的，那里有很多小伙伴，而且她最喜欢做的事就是安安静静地看《小猪佩奇》。

最单纯的爱就是把自己以为最好的东西一股脑地全塞给对方，不管对方是否喜欢，是否接受。而这种爱，对小孩子而言是童言无忌，是一种可爱的表现；对成年人来说，便成了一种负担。负担在于相互不理解，自以为付出了很多，结果对方非但不领情，反而满是抱怨，真正想要的依然求而不得，也很委屈。

男人和女人的思维不同，双方都希望伴侣有能力照顾自己，尤其是女人，她们对男人的要求更高，希望在自己有需要时，男人能为她跑前跑后、忙里忙外。看着男人奔波的身影，听着男人关怀的话语，女人会感到格外欣慰和幸福。如果男人只是无关痛痒地说一句"多喝热水""好好休息"，或者表现出一种没什么大事的深沉之爱，女人就会感到失落和失望。

男人的要求相对简单，只要女人能默默地陪伴他，不多嘴、不瞎折腾，他就满足了。

我最好的闺密的男朋友下班回家后，告诉她扁桃体发炎了，要去诊所输液。

两个人确定恋爱关系才几个月，而且一直是异地恋，她不知道他到底有多疼、多难受，她只担心他的身体，而且在心里自责前一晚跟他聊了很久，没让他睡好。她一边在网上查关于扁桃体发炎的词条，一边打电话问他的治疗情况："你告诉我输液到几点，我帮你盯着时间，要不你睡一会儿，一会儿我叫醒你。"

他说："不用，现在睡了，晚上该失眠了，我看一会儿电视或者电子书吧！"

隔一会儿，她问他："吃药怎么会不管用呢，你是不是以前抗生素用多了？"

他说："我很少吃抗生素，这次可能是意外，没事的，输完液肯定就好了。"

又隔一会儿，她小心翼翼地问："我会不会打扰到你？你会不会嫌我烦？"

他说："我就想安安静静地待一会儿，你怎么一个劲儿地问我问题？我告诉过你了嗓子很痛，可你还是没完没了，你怎么这么不懂事呢？"

她忍着委屈说："那好，先不打扰你了，你好好休息。"

其实那天晚上她肠胃炎犯了，发低烧。她轻描淡写地说自己拉肚子，但他没放在心上，觉得自己偶尔也拉肚子，不算什么大事。

听说他要去诊所输液，她顿时忘了自己也难受，满脑子都是该怎么办？该如何是好？可他竟然指责她，这让她很难过。明明不是自己不懂事，而是不清楚状况才关心则乱的。

而他呢，嗓子疼，强忍了一天，白天没有说自己多难受，是不想让她担心，但情绪积攒到一定程度，晚上还是爆发了。

其实他们俩各有各的委屈，错就错在没意识到对方的需求，没有用对方喜欢的方式表示关怀，结果吃力不讨好。这都不值得难过和抱怨，甚至放弃一段感情，他们俩缺乏的是沟通和理解。要想好好经营一段感情，就应该试着融入对方的心，那才是真正的温柔。

在爱情这条路上，我们都在学习，即便成绩一直很差，曾想过放弃，也依然坚持等待着最终的考试结果，并在心里默念："碰碰运气吧，老天保佑，万一能考过呢！"

然而，又有几个人是靠着运气考出好成绩的呢？就像你遇见了优秀的人，如果没有能力抓住对方，不还是有缘无分吗？学不会理解、学不会体谅、学不会宽容、学不会融洽相处……对你来说，爱情这道题就是无解的。

我很欣赏爸爸妈妈现在的相处状态。更年期的妈妈时常会唠叨、数落老爸"怎么这么一件小事都做不好"，老爸就一边笑着不回嘴，一边继续做着手头的事。

有时老爸在电脑上看节目，正在兴头上，老妈困了，说一声"睡觉吧"，老爸就乖乖地关了电脑。

老爸并不是没脾气，他跟我说，他不想跟我妈计较，尤其我妈更年期情绪不稳定，让着她一些，让她发泄出来更好。

再好的两口子也会有离婚的念头，再好的感情也曾红过脸、吵过架、闹过别扭。不过没关系，这都不算什么，你在这件事上礼让三分，他就会在那件事情上为你多考虑一些，这就是相敬如宾，这样才能长长久久。

男女之间无法做到事事都理解对方，不理解也没关系，少计较，多宽容，易地而处，有爱就别轻言放弃。

有好感司空见惯，能够相亲相爱才真正难得。

你距离真爱有多远

　　有的姑娘，长得不漂亮，做事不聪明，没什么特长，各方面都比较平庸，你觉得自己处处比她强，可追求她的人比追求你的人多得多，最后嫁得早、嫁得好，看上去很幸福。你却一直单身，很难找到合适的人。

　　有的男生，从小到大调皮捣蛋，相貌平平，学习成绩差，步入社会后也是吊儿郎当，没有上进心，但他身边不乏女生照顾他。多年不见，他娶了一个看上去很不错的媳妇，而你还在以打拼事业为由说不着急，先立业后成家。可事实上，你一直没停止过寻找另一半，只是还没有找到你想要的。

　　这两种情况中的后者，在别人眼里叫眼光高。也许他们会反驳："我眼光真的不高啊！"但很难找到另一半却是事实。

我认识的优质男生和女生，都在嘴上说对伴侣的要求并不高，可人的心理需求会形成一种气场，这种气场于无形中会震慑别人，排斥与自己品位相差较大的那部分人。于是，人们认为他们高高在上、难以接触，很有自知之明地跟他们保持距离，不敢有非分之想，就算他们说自己要求不高也没人信。

所谓的要求不高，男人对女人的要求通常是"温柔就好"，结果温柔具备了，接着又挑相貌、身材、思想，以及上得厅堂、下得厨房的能力，再从智商挑到情商。女人对男人的要求通常是"对我好就行"，但就算遇到对她百依百顺的男人，她还会在意对方的身高、工作、存款，以及浪漫程度。

与其说人总是不知足，不如说一开始你就不清楚自己想要什么，所谓大众的审美，也许并不是你渴求的。

经常会有这样的现象：你一直有一套自己的审美标准，也一直按照这个标准寻找。

有一天，你遇到一个人，这个人并不符合你之前的标准，但是很吸引你，甚至这种吸引的魔力能让你推倒之前的标准，重新为这个人而定，你会觉得，这样也很好啊！你无法用一些关键词来形容对方，可那种感觉是对的：难道这就是真爱吗？

我们总在期盼真爱，什么才是真爱呢？有一天，我反复听了两首歌，一首是蔡健雅的《True Love》，另外一首是李荣浩的

《老伴》，里面分别有这样的歌词："每个人都期待下次遇到真爱，才放弃得比珍惜还快……一直到有一天彼此怀念时才明白。""我要找的一种感觉叫属于……陪我美丽地老去。"

如今的社会节奏太快，学业刚结束就忙着找工作，工作还没稳定家里就催着找对象，对象还没处多久就急着结婚。在这个过程中，我们不怕伤心难过，就怕没时间，怕错的人耽误了自己的时间。遇到一点儿矛盾就觉得对方不合适，赶紧放弃，寻找下一个目标，可下一个真的就好吗？你也知道，每个人都有优缺点。对方的优点真的是你最欣赏、最需要的吗？是独一无二的吗？对方的缺点真的是无法改善的吗？你可以尝试去接受吗？对方的优点可以让你忽略对方的缺点吗？

这个世界上，终会有人爱你爱到深入骨髓，让你感到踏实，让你有归属感。在你人生中最低潮、最失败、最无助的时刻，如果有一个人对你不离不弃，全心全意地陪伴你、帮衬你，那么这个人就值得你去爱、去珍惜。就算这个人身上有些小缺点、小毛病，你也该笑着接纳，就算未来的路再漫长、再艰辛，也值得爱下去。

我一直认为，好的兴趣、好的工作、好的爱人至少应该拥有一样，才不至于在漫长的人生中感到无趣、空虚、寂寞。好的兴趣能使人充满活力、富有情趣；好的工作能让人积极乐观、锐意进取；好的爱人则令人幸福甜蜜、心满意足。其实，好的兴趣在于自己培养；好的工作在于试错和拼搏；而好的爱人一半靠运气，一半看你能否抓得住。

看完《最强大脑》后，我的感慨是，这个节目试图挑战人脑极限，而很多选手的超强记忆力来自后天的努力训练，就连七十多岁、患有脑梗的老人都能把圆周率背诵到小数点后5000位。而对于那些拼天赋和运气的人，我们就只能羡慕地称赞"太神了"。

我也相信运气，有的人运气很好，衣食住行父母都给他安排好了，唯独结婚的那个人是他自己找到的，而且还特别恩爱。如果你也曾有这样的好运气，千万别辜负。

承诺与付出都是有期限的

　　一次参加同事儿子的婚礼，新郎个子挺高，新娘皮肤很白，两个人的相貌都属于很朴实的那种，是一对再普通不过的新人，并不夺人眼球。

　　起初，新娘走向新郎的时候，我悄悄地问旁边的姐姐，不应该是新娘挽着父亲的胳膊，然后父亲把新娘的手交到新郎的手中吗？

　　姐姐说，新娘的父母很早就离异了，她一直跟着母亲生活。

　　当新娘和新郎深情对望时，旁边的两个女同事赶忙低下头翻面巾纸，她们被感动哭了。

　　她们俩，一个三十岁出头，一个五十岁出头，早已是过来人。大概正是因为曾亲身经历过那一时刻，眼前的情景使她们想起了自己吧！

很多眼泪都有很强的代入感，看似毫无瓜葛，实则紧密相关。

其实我泪点挺低的，但在这场婚礼中竟然丝毫不被触动，大概是因为我未曾站在台上，不是此事的女主角。

现在很多人举办婚礼无非走个形式，恋爱、同居、订婚、领证、办婚礼、怀孕，就算打乱顺序，随便先拎出哪一个来都不稀奇。

那天听几个男生闲聊，其中一个说，现在奉子成婚多正常啊！是啊，正常到艺人们刚宣布结婚，媒体就天天跟拍女方，是不是小腹凸起了？是不是穿宽松的衣服了？是不是穿平底鞋了？看客们也纷纷猜测其是不是怀孕了。

一定是！不然怎么会着急结婚呢？

结婚的意义早就失去了初衷，大家都跟风、随大流，可顺序一旦乱了，不是每个人都能把握好的。

一对新婚夫妇在深圳工作，一年前就领了证，买了房子，只是因为工作太忙，婚礼拖到了现在才办。这种形式早就脱离了古代洞房花烛夜的激动，反倒像排练，剧本是提前设定好的，台词对过了，然后定在了某天公映。而对于我们这些无关紧要的人来说，更像是看一场大同小异的表演，参加的次数多了，哪还有什么感动可言。

听说，两个人原本不想举办这场婚礼，准备旅行结婚，奈何父母强烈要求，两口子才特地跑回家来撑场子。说白了，他们俩只是欠世俗一场婚礼罢了。

然而，新郎在台上的一句话引起了我的注意，他对新娘说："这是我十年前给你的承诺，十年后，我兑现了自己的承诺。"

台下一片哗然，不到三十岁的年纪，十年的恋爱长跑，太不容易了！

的确不容易，两个人是同学，高中时谈恋爱，双方父母得知后，用尽了各种方法拆散他们，可是没成功。后来两个人考去同一座城市上大学，在结束了四年的异校恋后，又一起去深圳发展，直到去年领证。

女孩一边听着男孩的表白，一边擦眼泪，男孩的声音也有些颤抖。我想，任何一个女人，只有站在那个位置上才能真切地感受到那一刻的庄严和神圣，也正是因为眼前的这个人是陪伴了她十年、不离不弃走到今天才修成正果的人，这份坚定才更显得来之不易。

我笑着说："原来早一点儿恋爱也不一定是件坏事，只是你的爱情比别人来得稍微早了一些。"

喜欢一个人很容易，但能真正相爱、懂得相处的人却不多。

大多数初恋，不过是在青春期时把读书之余的精力放在异性身上，接触多了，就喜欢上了这种奇妙而懵懂的感觉。

一眼定终身的感情很难得，这种十年后兑现承诺的人更是少之又少。

我妈说过一句话，谈恋爱不要谈太久，久而久之激情渐退，两人同居之后，除了没有要孩子的打算，跟婚后生活没什么两样。这么拖下去，女人耗不起，男人想结婚的欲望也不再强烈了。

事实上，大多不得善终的爱情都是如此，也曾怦然心动，也曾有激情燃烧的岁月，可是为什么后来散的散、分的分呢？并不是眼前的这个人不靠谱儿，因为他不管多么不靠谱儿，如果你不要他了，他也会跟别人结婚，婚后一样爱老婆、疼老婆，本本分分地过日子。

后来我总结，爱情中很重要的一点，就是掌握时间火候。

那些山盟海誓、甜言蜜语，不是在逗你玩，也不是在骗你，他当初确实把一颗真心都给了你，由衷地愿意为你做任何事，甚至说离开你活不了，会终身不娶。只不过，一旦分手了，等治好了爱情的伤，他还是该吃的吃、该喝的喝、该玩的玩、该谈的谈、该娶的娶，一样活得滋润。

曾听过一对情侣的故事。热恋期间，身处异地的他信誓旦旦地对她说："要不我辞职吧，去你那边找工作，不管做什么。你要相信我的能力，只要有你在，一切都不是问题。"

他是在北京念的大学，这几年积攒下来的资源也都在北京，但是他愿意为她离开北京。而她感动归感动，却舍不得让他牺牲这么多。于是跟他说，再等等吧，从长计议。

一年以后，两个人从热恋期步入平淡期，他绝口不再提去找她，相反，三番两次地叫她来北京，说给她安排好了一份工作。她质问他为什么前后反差这么大，他说："当初我想离开北京去找你，你没同意。现在我已经适应了北京这边的生活，真的没勇气说走就走了。"

在那段时间里，如果他愿意为你付出一切，愿意毫无保留地对你好，恰好你也正有此意，请你一定不要轻易拒绝，想牵手就牵手，想结婚就结婚，因为一旦错失机会，你可能会等很久，甚至再也等不到了。

有人说，如果结婚后才发现对方有种种缺点，岂不是来不及了？我说，对于大多数人而言，结婚是一种契约关系，彼此都要忠诚于对方，毕竟离婚跟分手是两个概念，责任感越强，感情变质的概率越低。

我的文件夹里有很多半成品文章，都是有感而发时的"杰作"，有的刚写了一个开头或写了一半，临时有事就暂时搁置了，后来想继续写，却怎么也找不到感觉，只好作罢。现在我养成了一个习惯，一有灵感，立刻记录下来，写作时一气呵成，哪怕有些语病和逻辑错误，写完还可以润色修改嘛。

爱情也是一样，承诺与付出都是有期限的，就像此时我手边的咖啡，要趁热喝，凉了就酸了，不好喝。

第五章

○

万一情话是说给你听的呢

千般好，万般好，不如你好

人们都说，如果你喜欢一个人，且先看看其家庭。如果对方是女生，你就看看她的母亲，如果对方是男生，且看看他的父亲。

在《红楼梦》中，薛姨妈以"慈"著称，言谈举止得体，一副"笑面虎"的样子，看得多，说得少，看穿却不说破，不得罪人，不谈是非。而女儿薛宝钗也被言传身教，成了薛姨妈升级版，同样温柔、贤惠，深藏不露。

国产电视剧中，那些泼妇都有一个不讲理的妈，她们在背后指导女儿如何不吃亏、如何去占便宜。在三观形成期间，你和什么样的人在一起生活，性情、习性都会有所沾染。记得看《爸爸回来了》，医生嘱咐贾乃亮说："甜馨（贾乃亮的女儿）长大了，一定要注意你的言谈举止，这会影响到她。"

刚来到这个世界，一切都是新鲜的，我们不知道什么是对的，什么是错的，慢慢地我们学会了走路，学会了用筷子或叉子吃饭，又慢慢地知道了要上学、要谈恋爱、要结婚。

有一次，记者问孙红雷一个关于娱乐圈的隐秘，孙红雷说："我的家教不允许我回答这个问题。"所谓的家教，就是家长的言传身教，大到为人处世，小到挤牙膏的习惯。

大学那会儿，别人的生活费都是家里一个月给一次，我是每学期交完学费后，剩下一部分钱存在卡里，每次回家自带几百元的零花钱，到年底卡里还有剩余。爸爸、妈妈对我的花销从不过问，他们知道我不会乱花钱。我心里有数，该花的花，能省的省，东西买性价比最高的，买了绝不浪费，因为每每想到妈妈特别勤俭，我就不忍心挥霍。

妈妈很孝顺，每个礼拜都去看外公和外婆，给他们带好吃的，我也几乎保持每天都跟妈妈联系一次，每次回家都给她买礼物。

当然，在爱情中，你就不会那么理智了。纵使对方有那么多缺点，你依然愿意和他在一起，坚信他能改，坚信你能适应。即便不知道明天会如何，你也会珍惜和他在一起的每分每秒，不计后果，这就是爱情最大的魅力。

我小时候不喜欢薛宝钗，觉得她的城府特别深，有着超乎同龄人的成熟和沉稳，着实不可爱。而今看来，她既有吟诗作赋之才，又有持家主持之能，古往今来，都算得上一等一的佳人。她称得上贤妻，可是宝玉偏偏不爱她。她既不是王熙凤那样泼辣的女强人，也不是林黛玉那种会撒娇的小女人，她过于冷静、克制、理性，遵循三从四德。她热衷于"仕途经济"，劝宝玉去会会做官的人，被宝玉背地里斥之为"混账话"。她还劝宝玉要好好读书，要学习如何处世，奈何宝玉听不进，甩袖而去。

男人是不喜欢被说教、被唠叨的，他们需要被依靠、被称赞。黛玉可以和宝玉共读《西厢记》，陪他说笑打闹，一起痴痴呆呆。直到看到宝玉被贾政暴打之后，才哭着说："你从此可都改了罢！"

女子的美貌、才学、家境、性格，似乎都比不上投缘和相知，一辈子那么长，不就是找一个聊得来的伴儿相互搀扶，尝遍人生种种滋味吗？

所以说，千般好，万般好，都不如你对我好。

不管有多难，也要护你周全

有一天跟朋友吃饭，她接了一个电话，然后告诉我是她姨妈打来的。接着，她跟我讲述了她姨妈的命有多苦：丈夫前些年得癌症去世了，当年为了给丈夫看病把房子给卖了，还借了很多钱，现在居无定所，一个人硬扛着还债。

当年大家都劝她："算了吧，癌症是治不好的，花多少钱都是白搭。你得考虑自己的将来，你现在这么傻，以后怎么办？"

但她不管不顾，一意孤行，把房子卖了，又跟宽裕的亲戚朋友借了个遍，陪丈夫到处寻医治病。一年以后，丈夫还是医治无效，走了。

好多年过去了，她的家人还时不时提起当年的事情，骂她傻，骂她活该，现在可好，一把年纪了，什么都没有，想再婚都难。

我问朋友："你也认为她这么做不对吗？"

她说："姨妈就是傻，直到现在还不后悔。"

我问："那你的意思是，姨父得了癌症，就不治了？"

她说："当然，那是一个无底洞啊，得了绝症早晚都是要走的。为了让姨父多活一年半载，姨妈把自己的后路都堵死了，太不值得了。"

我问她："换作是你，你怎么办？放弃吗？"

她点头。

我又问："如果你的父母身患重病，你也不救吗？"

她想都没想就回答："那得治啊！就算倾家荡产也在所不惜，他们有养育之恩。"

我再问："你有很爱很爱过一个人吗？"

她说："还没谈过恋爱。"

我笑了。旁观者总是分外潇洒，可以理性地、条分缕析地进行说教，不痛不痒，而换在自己身上时，也会不知所措，变成一笔糊涂账。

世界上没有真正的感同身受，有的只是冷暖自知。你没深入其中去经历一遍，只是靠一点儿想象就称之为换位思考，然后站在道德的制高点指指点点，这本身就是一种不道德的行为。

比如搬家这件事，早在一个月前就做好了准备，可看着眼前打包好的东西，关上房门的那一刻，老房子仿佛变成了老情人，没有潇洒和解脱，反而是无尽的不舍，后来只能在无数次魂牵梦绕中回到那里。

一件事情的发生，就像橱窗里的衣服，摆在那里是一个样儿，穿在模特身上是另一个样儿，自己试穿又是一个样儿，终究是如人饮水，冷暖自知。

有一天晚上，听一个姑娘跟一群人聊起自己的母亲。很多年前，她的父亲因绝症去世，是母亲一个人撑起了这个家，养育孩子，照顾老人。

当年父亲离开之前，母亲也是倾家荡产救治父亲，花很多钱托国外的朋友买最贵、最好的药。相反的是，家人并没有反对，因为一家人相亲相爱、同舟共济。

电视剧里的剧情经常这样演绎：得了绝症的人想得明白，怕拖累家人，怕自己有一天走了，把残局留给至亲，怕把他们拖垮了，于是长痛不如短痛，拔掉输氧管。可这时候，家人死也不同意，不愿眼睁睁看着对方离去。对于家人来说，就算对方躺在那里，只有呼吸，也是他们的精神支撑。这是一种希望，即便这种希望非常渺茫，他们也要坚守到最后。

以前我认为这是煽情，但生活中很多人就是这样。明明知道什么是浪费时间，却依然愿意跟某人虚度时光；明明知道那样做不理智、不明智，却还要奋不顾身。

即使结局早已注定，很多人还是愿意去尝试，相信会有奇迹，不肯放手。这绝不是他们真的傻，而是爱到一定程度就会升华，那已经不再是一时冲动、心跳加速，是久伴成了依靠，是不管多么难、多么苦，也要拼尽全力护你周全，是无论如何都不会放弃，是倾家荡产也要留住你，哪怕只有一年、一个月、一天、一分、一秒。

你这么优秀，
一定有很多人追吧

　　我经常听到的两句话是："你这么优秀，追你的人一定不少吧？""你条件这么好还单身，一定很挑吧？"

　　一开始我觉得自己确实是这样的。身边的姑娘一个个都找到了归宿，有的连娃都生了，而我始终还是单身。

　　我以为这是我个人的问题，但是后来发现，像我这样的人有很多。你可能在别人眼里很优秀，但就是嫁不出去。

　　有一天深夜，一个很久不联系的异性朋友对我说："唯独你，符合了我对理想伴侣的所有幻想。"

　　我暗自祈祷，快来追我，千万别犹豫啊！

　　他又说："如果有下辈子，我一定会奋不顾身地追求你。"

我躺在床上一边敷面膜一边翻白眼，心想：大家都是单身，你大半夜信誓旦旦地跟我聊下半辈子的事，还不如说一句"多年后，你若未嫁，我若未娶，我们就在一起吧"来得实在。

看我没回复，他又淡淡地说了一句："这辈子，你是不会看上我的。"

我想，这是今晚你说的最有营养的一句话了。

我认识一个姑娘，长得很有气质，是那种在人群中一眼就能被看到的美人。她毕业后直接进了世界500强企业，一边工作一边跟朋友创业，随随便便给杂志社写几篇稿子挣的钱就相当于一般姑娘一个月的薪水，偶尔还去电视台客串嘉宾。

我去过她家，屋子布置得井井有条、整齐干净，跟五星级酒店似的。她还有一手好厨艺，但这么一个"上得了厅堂，下得了厨房"的好姑娘，快三十岁了，还是单身。

周围的人纷纷对她展开联想及猜测：要么就是太忙了，没空谈恋爱；要么就是要求太高、太挑剔。

她跟我诉苦说："冤枉啊，不是不想谈，也不是没时间谈，而是根本没人追我。"

很多姑娘跟她一样，潜意识里有一个观念，就是被动地等待，等待异性先开口，然后展开一段恋情。

前阵子家里给她介绍了一个对象，但加了微信好友后，两个人始终没说过话。

过了一阵子，介绍人问她："你和那个男生相处得怎么样？"

她说："加了微信，但是男生连个招呼都没打过。"

介绍人诧异："不应该啊！据我了解，他不是这样的人啊！"

她打趣道："难道是因为看了我微信朋友圈里的个人照，他没看上我？"

介绍人当即给那个男生打电话，问怎么回事。

男生解释说，加了女孩的微信，先看了她的微信朋友圈，发现这个女孩条件太好了，这么优秀怎么会看得上他呢？想一想，还是算了，配不上人家，就别自取其辱了，于是没敢说话。

这个理由好荒诞，但细想，也不是没有道理。

男人需要自信，可是太优秀的女人往往会打击他的自信。男人怕自己不够优秀，无法给她幸福和她想要的，索性不去招惹，远远地看着就好。

她苦笑着说："我现在特别怕别人叫我'女神'。每当有异性叫我'女神'时，就心想，坏了，我跟这个人没戏了。"

我的异性朋友很少，凡是有女朋友的，我都尽量避嫌。有一次找到一个男生帮忙，得知他有女朋友后，我说："不麻烦你了，我找别人，总发信息，别让你女朋友误会。"

他说："没关系，我女朋友也知道你，你是'女神'，'女神'

是高高在上的，不可能有误会。"

我真是哭笑不得。

在很多人眼里，"女神"是光芒四射的，应该有很多随时候命的爱慕者，以及曲折的过去和难以言说的往事。事实上，她可能只是一个没有故事的女生。

你觉得自己太普通，配不上她，所以不去追；你认为她要求高，不缺男人，所以不敢追。最后，只有时间在追她。

太优秀的女人就像奢侈品，人人都想拥有，可是太贵了，买不起，只好绕着走。

就算"女神"有心，对方也会连忙后退几步说："别开玩笑了，你可是'女神'啊，我望尘莫及。"

前阵子我加入了一个广播剧社，有个男生没几天就把一个女编剧"拐走"了，两个人双双退社。

我好奇地问管理员，两个不相干的人是怎么好上的？管理员说，其实很简单，对方一开始会试探性地跟你聊天，你要有心，顺着聊，不终结话题也不说再见，第二天就不一样了。

总结成四个字，就是：示好、示弱。

普通姑娘没什么负担，会柔软许多，男人也容易靠近。普通姑娘追起男人来，一个眼神就够了，给台阶就下，顺着竿就爬。

但是大多数条件优越的姑娘不肯放低身段，尤其是年轻的时候，会因为有资本而选择被动等待，碍于面子而绷着，高傲却不肯低头。

等到年纪大了，想主动，恐怕也没了精力。别人更会认为你单身是因为太挑剔，从而不敢靠近你。

所以，"爱上一匹野马，可惜我的家里没有草原"，以及"才不是一个没有故事的女同学"都是误会。

坚实而沉默的浪漫

　　在"85后"和"90后"相继走上相亲之路的今时今日，我想起了我的外公和外婆，他们是那个年代少有的自由恋爱，由同学到恋人再到相濡以沫的老伴，在这段感情里，最令人不解和羡慕的当属外婆的勇敢。

　　外婆说，当时家里给介绍对象，她不喜欢、不同意，坚持要自己找，于是给我外公写信表白。

　　高考时，外公以当地最优异的成绩落榜，原因是我外公家当年成分不好，子女不能念大学。而外婆被保送读了护校，毕业后分配到了省重点医院。

　　为了外公，外婆毅然决然地放弃了稳定且待遇好的工作，放弃了大城市的生活，回到了外公所在的小县城，从护士到护士长，最后成为全县最出色的麻醉师，跟外公一大家子生活，其乐融融。

当时外婆的同事好奇地问："究竟是一个什么样的人，能让你放弃这一切？"

外婆说："不能上大学对他的打击已经很大了，我再离开，他可怎么办呢？"

这么多年来，我从未听过外婆抱怨外公。妈妈不止一次地问外婆后悔过吗？每次外婆都摇头，斩钉截铁地说不后悔，还像个孩子似的不解地问，为什么后悔？

每一次去外婆家，外公都会跟我们讲过去的事。这些事，我已经听烦了，妈妈也是一边应付着听一边走神儿想自己的事，舅舅的眼睛也一直没离开电视，表妹则是全神贯注地玩着手机，只有外婆带着笑容很认真地听，很配合地提问和回答。只要有外婆在，外公的讲述绝不会成为无趣的自言自语。

前些年外公心脏不好，做支架，安起搏器，都是外婆坐长途车陪他去住院。而这两年外婆的身体每况愈下，先是脑萎缩，手不听使唤地抖，再后来是焦虑症，身体忽冷忽热，记忆力差。于是，轮到外公陪她去住院治疗，经过三番两次地折腾，外婆的病却丝毫没有好转，时而糊涂，时而说话颠三倒四，外公为此不停地唉声叹气。

外婆尚且需要人照顾，外公的痛风又犯了，手疼得厉害，以至于愁上加愁，时常坐在沙发上偷偷抹眼泪。外婆看到外公变成这样，竟然不糊涂了，拍拍他的肩膀说："没事的，过几天就不疼了，就好了。"外婆还说："等我好了，你就去打麻将吧！"外公说："以后我不打麻将了，哪儿也不去，就在家陪你。"七十多岁的外婆像一只雀跃的小鸟，伸出双手捧着外公的脸微笑。

自从外婆生病后，外公几乎寸步不离地陪伴她。以前外公天天上午打麻将，下午偶尔出去溜达溜达，如今只剩下给外婆跑腿买药了。我们多少人陪在外婆身边，都不及外公能令她踏实，她有什么事只习惯跟外公说。在她的心里，外公是万能的，绝不是我们眼中弓着腰、行动迟缓、满头白发，让人操心惦记的老人。

舅舅说："妈对爸的崇拜是绝对的，一辈子都没变。"

外婆说："你外公可聪明啦，那些事一件不落，记得清清楚楚，啧啧！"

其实，外公只会对儿女好，不会疼人，更别提浪漫了。他一辈子省吃俭用，把钱攒下来给儿女。两个人金婚都是在家随便吃点，偷着过的。他也没给外婆送过什么礼物，制造过什么惊喜，都是实实在在地过日子。可是外婆从来不羡慕别人，更不抱怨外公，她享受这样的生活，一直乐在其中。

浪漫究竟是什么呢？

情人节前几天，我在微信群里见到一个小姑娘在花店里买了一大束花，说希望大家都能在情人节收到花。另外一个小姑娘说，真幸福、真羡慕。

妈妈跟我说，她在微信朋友圈看到一个故事。一个石油工人带着女朋友逛街，女朋友要进手机店看新款手机，他就带她进去。看了好久好久，他就一直陪着她，女朋友最后忍不住问："你为什么不给我买呢？"他说："爱一个人不是看他给你买了什么，而是看他肯不肯花时间陪你。"

这句话乍一听很有道理，就像某女艺人做客《十二道锋味》节目，谢霆锋为她准备了其最爱吃的火锅，她满意地借题发挥说："看一个男人爱不爱你，就看他舍不舍得为你花心思，而时间对一个人而言最宝贵，舍得花时间和心思的人，一定是爱你的。"

这些话都没错，只是缺一个前提。如果是一个有钱人，他每天都有上百万元进账，但是他不给你买别墅，不给你信用卡，而是愿意停下来，把时间用来陪你，这是真爱；如果是一个没钱的人，他有大把的时间陪你，但他还是把时间用在了工作上，因为他想尽快攒下一笔钱，给你买一份贵重的礼物，这也是真爱。真爱不是你有什么给什么，而是就算没有，你也愿意为她争取。

而浪漫呢？有的人喜欢鲜花、烛光晚餐，有的人喜欢坐在草坪上看星星，有的人喜欢一个接一个的小惊喜，还有的人，像我的外公和外婆，一辈子小吵小闹、不离不弃，一路走来，孩子大了，头发白了，风风雨雨中相互扶持，不准任何一方掉队。他们最初的情怀还在，依然彼此欣赏，而那些从没说出口的承诺，一直在坚守着。

对他而言，她永远是他最真诚的听众。对她而言，他永远是她最坚实的臂弯。

正是有这样一份情怀，它坚实有力，两个人才守得住时间，耐得住寂寞，夫复何求呢？

婚姻也是人情的往来

有个朋友问我："你说，为什么现在好多女人都在说老公对自己多好，炫耀自己什么都不会，不会做饭、不会做家务，只需要一心一意爱老公就行，难道一心一意不是应该的吗？"

我打趣道："对于这种女人而言，她老公无条件地对她好，是理所应当的。你不能要求每个人的思想境界都与你保持一致，所以我们只能选择一个思维方式相似的人在一起。"

他继续问我："这种女人有的都快三十岁了，还整天这么想，不幼稚吗？"

我说："三观基本都定型了，人人都会有错误的判断、不成熟的理解。有的女人懂得反思，该改的改，这是成长；有的女人根本不懂得思考，自以为是地一直坚持下去，四十岁、五十岁依然如此。有意思的是，后者依然能找到一个终身伴侣，得到她想要的依靠和宠溺。"

他说："我觉得这样的婚姻生活是没办法长久的，谁都有腻烦的一天，谁天生也不欠谁的，谁甘愿一辈子都迁就对方呢？"

这种女人确实不在少数，她们总是无休止地去要求男人，很多事情自己却做不到、做不好。家家有本难念的经，她们自以为强硬起来就成了家里的一把手，完全不顾及婆媳关系，在外面也不给老公面子，整天作威作福，错把容忍当成爱。

一天中午，我在长途汽车上听两个中年女人聊天，其中一个女人说到她的一个男性朋友，她管他叫大哥，他人在上海，是个小领导，平时的收入悉数交给老婆。

前段时间，男人的母亲病重，男人和弟妹都在筹钱，等到最后一次手术，还差三万元，可男人的老婆说啥也不同意拿钱。男人绝望地对这个女人说："我妈在手术台上下不来，急需三万元，可是你嫂子怎么也不肯拿出来，你能帮帮我吗？"女人说："大哥你放心，我十分钟内给你把钱打过去。"后来这个男人和他老婆离婚了，因为老婆让他彻底心寒了。

车上的另一个女人说，这叫没远见，守着钱丢了丈夫，因为三万元丢了财神爷，有些女人说近了是舍大求小，说远了是真不懂人情世故。

的确，有的女人特别爱吃醋，无论是谁，凡是她看不惯的，都会从心里涌出来一股酸味儿。

有个经典的情感问答是："我和你妈妈同时掉入河里，你会先救谁？"有的男人回答："当然是你，因为和我过一辈子的是你，虽然这么做会内疚。"

换作是我，我会一笑而过，因为即使他回答的是妈妈，我也不会难过，哺育之恩应该由夫妻一起报答，不分你我。你爱他，他的父母也爱他，你怎么可以不孝敬他的父母呢？

没有哪个婆婆天生铁石心肠，刚见面就把你当作仇人，只要将心比心，把她当成自己的亲人，你的老公也会感激你的。即使你做不到感恩，也不至于让人心寒。

所谓包容，不是容忍，而是站在对方的角度为他着想。说到底，一切都是人情的往来，亲戚长时间不走动会生疏，朋友长时间不联系会遗忘，情侣之间不常沟通也会产生隔阂。

很多女人觉得老公能包容自己的所有缺点，不在意自己的无理取闹，这才是真爱。的确，可是一辈子的事非要用几件事来证明吗？让对方活得那么累，这对你们的感情一点儿好处都没有。

以前熊先生为了讨好我，苦心钻研做饭。有一次试着做了我最爱的豆角炖排骨，自信满满地端给我看。我一看，好嘛，这哪是豆角炖排骨，分明是干炖排骨，一盘子的排骨，乍一看更像是红烧排骨，几根豆角像葱花一样点缀在上面。

后来他回家还特地跟他妈妈学做菜，给我发微信说："我在学做鱼，以后做给你吃。"

还有一次，他在厨房做茄子夹肉，结果差点儿把厨房给点着了。之后我说，每个人都有长处，别太勉强。至此，他暂时告别了厨房，偶尔还会得意地说，其实他做菜还是很有天赋的。

文章开头提到的那个朋友还问了我一个问题："你不觉得女生做家务没什么不应该的吗？"

做家务不是社会分工，以前是男耕女织，男人在外面打拼，女人在家里做些力所能及的事。很多日本太太可以不上班，把所有精力都放在照顾家庭上，成为全职太太，但是很多中国男人没能力一个人养活全家，却希望妻子白天在外面工作，晚上回家包揽家务，像日本女人一样贤惠。

其实有这种大男子主义的人不在少数。女人心思细腻，做起家务来更得心应手，可是这不代表男人就可以把家务全交给女人。人笨点儿，做不好没关系，关键是你要有心，懂得心疼人，也愿意付出。如果你们特别相爱，就会打心底里想为对方做点儿什么。不求回报地付出，只为让这个家越来越好，你不会再讨价还价，更不会觉得这不公平。

夫妻是一种拍档关系。谁愿意忙了一天，下班回到家还要买菜、做饭、刷碗、除尘？谁都想吃现成的饭菜，洗个热水澡往沙发上一躺，看着电视剧放松放松。如果双方都不愿付出，都觉得自己不能吃亏，都想把家务推给对方，那日子真的没办法继续。如果把家务看作一种游戏，妻子做饭时，丈夫在旁边帮着择菜、洗菜，一边聊着天儿，一边把饭做好了。妻子洗碗的时候，丈夫顺手把脏衣服丢进洗衣机里洗了。谁今天不舒服，另外一个就少些抱怨，多一点儿关心，没什么大不了的。如果两个人这一天都很累，就两手一拍，去饭店改善一下伙食，这不就是生活吗？

说到底，婚姻里有些小争议、小摩擦都没关系，但不要讨价还价，不要将苦难强加给一个人，而要分担、共享、互补，使你们的生活质量有所提高。走进婚姻殿堂的那一刻，只能说明你刚刚进入人生的另一个阶段，它不是终点，而是新的起点。你的角色从一个好朋友变成了好伴侣，从此以后你身边除了父母以外，多了一个可依靠的人，所以未来的日子，做力所能及的事，成为每一个阶段最好的角色，对得起你爱的也爱你的人。相爱已不易，何苦为难彼此？

我们和好吧

我曾经气哭过我妈，尽管别人说我很孝顺。

虽然我没跟她吵架，甚至没大声跟她说过话，只是黑着一张脸，很烦躁地踢了一下碍事的晾衣架，但我就像一根导火索，把她这些年来积压的委屈、隐忍引爆了。

夜里十点，她冲出门，钱包和手机都没带。穿着睡衣的我急忙跑下楼，硬是把她拉了回来。太晚了，我担心她。我哄着她，抱着她。之后她蹲下哭了，那一刻我感受到了她的脆弱。

我突然意识到，我总说自己敏感，缺乏安全感，可眼前的这个女人不是别人啊，她是我的妈妈，她跟我一样，其实并没有那么强大，只是在我面前"为母则刚"。

以前有人说，我最大的缺点是不会道歉，哪怕心里觉得万分愧疚，也只是轻描淡写地说一句"我知道了"，甚至还会找各种理由为自己开脱："这件事不怪我，我做得不好也是有原因的。"

我怕被指责，怕被否定，所以先发制人，不管对方是谁，哪怕是至亲至爱的人。

我一向以为，做错了事默默改正，心里清楚不就得了？口头上承认错误有什么用。

恰恰是这种自以为是，让我看到了爱我的人眼睛里的失望。对方是多么想从我的口中听到诚恳的道歉，不是让我认输，而是让我懂得退让；不是怕我，而是爱我，希望我为之改变一点点。

我以前是不懂这些的，所以很多事情现在想起来仍觉得自己当时很过分。我本可以做得更好，不是吗？

人是会变的，走着走着，你原来认为死磕到底的事情，就不那么重要了。那些爱的、恨的、放不下的人，现在都能云淡风轻地提起，并且一笑而过。

曾经觉得自己一辈子都不会改，口口声声说"我就这样了，爱咋地咋地"的臭脾气，也开始变得温和、柔软。曾经那么不能容忍人，不许别人犯错的苛刻，如今也多了一份理解和宽容。

曾经发誓老死不相往来的大学室友，再见面，也想笑着去拥抱，然后自嘲当年为什么连一些芝麻绿豆的小事都要争吵，并孩子气地说一句："我不生你气了，你也别生我气了，我们和好吧！"

是啊，很多事情，多年以后都能扪心自问："多大点儿事？""至于吗？"

人人都有自己的偏执，你执拗地说"不"的时候，那些你誓死捍卫的东西真的有那么重要吗？那些你失去的东西，真的就毫不在乎，并且能坦然接受最坏的结果吗？

未必吧，很多时候我们的承受能力并没有那么强，全靠自欺欺人式地硬撑着，撑着撑着，你才发现早已经没有了回头路，或是错过了末班车，只能硬着头皮继续往前走。

有人说，我们每天都在改变，所处的位置变了，需求也就变了。但我觉得，所谓改变，不过是我们开始真正地了解自己，并和别扭的自己和解了。

我们克服困难，越过荆棘，一直往前走，但最后的敌人，往往是自己。

累的时候，请记得向别扭的自己伸出手说："我们和好吧！"

"秒回"，是一种态度

　　闺密说，年后这段时间家里给她介绍了三四个对象，都不了了之了。我问她，就没有一个有感觉的吗？她说，往往还没到有感觉就不想跟对方聊下去了，原因是对方回复消息太慢。有的人隔十几分钟回复一次，有的人几个小时后才回复，甚至还有更绝的，早晨给他发消息，晚上才收到他的回复。他们的理由都一样：忙。这样一来，闺密想了解对方都难，热情早就被消耗掉了，哪还有心思继续发展感情。

　　我深以为然。

　　至少我是这样的人，如果我主动发消息，没得到期望的回应，肯定不会主动发第二次消息。如果对方回复消息快，我也会尽量快速回复，不管多忙，不管身处什么样的外界条件，我都尽量克服。只要我知道对方有事要跟我说，我就攥着手机，时不时按亮屏幕，看看有没有错过的消息。我觉得效率高、态度好是尊重对方的表现。如果对方回复消息太慢，半天也不说一句，那么即使我听到了消息提示也不着急看手机，而是等忙完手头上的事情，再不紧不慢地看消息。因为对方给我的反馈是，他也在忙，没有什么着急重要的事情要跟我讲，也没有很强烈的想跟我说话的欲望。若是处于闺密的处境，面对的是一个相亲对象，那么最直观的印象就是，对方对你一定没有好感，不然为什么回复得那么慢、那么敷衍呢。

我发过这样一条微博：事实上，我们都知道"己所不欲，勿施于人"的道理。反之，假如你想得到某一个回应，你希望对方温柔地善待你，你是不是首先应该摆出自己的态度，让对方知道他在你这里并不是可有可无的存在，而是占据着很重要的位置呢?

评论的大多是女生，在人与人之间的沟通方面，她们深表认同。人都是这样，女生更是如此，处世敏感、思维发散，容易被人带入情绪。她们通常会用一些细节来判断，在眼前这个人心里，她是什么位置，对她的态度又是怎样的，然后决定自己该以什么姿态来回应。

我认识一个男孩，他对自己的认知是没有什么优势，唯有一

颗真诚的心。他追女孩时，怕手机提示声小，就换成了声音又大
又长的铃声。他会在忙之前告诉她，要去干什么，等忙完了再联
系她，有紧急情况没来得及说，回头也会解释一下。大多数时
候，他早晨一睁开眼就会给她发"早安"。无论多忙，他都不会
忽略她。

他不希望女孩跟异性聊天，晚上自己的手机不设置静音模式，
几乎也不会有消息进来。他尽可能地跟异性保持距离，当着所有
同事的面说自己有女朋友了。在很多方面，他不会去要求对方，
他知道自己没这个权利，但是他能做好自己，用自己的言行表明
立场和态度：我做好了，你随意。

女孩一开始没那么喜欢他，但好感就是这样一点一点建立起
来的，慢慢变成了喜欢，最后爱上了他。以前那些追求她的男孩，
被她一一回绝了。以前她总是我行我素，现在不管去哪里，忙什
么事，她都会事先告诉他。

也许有的人会站出来反驳："快速回复消息的人，一般都很
闲。我们忙事业的人，哪有时间一直盯着手机。"

可是，如果你知道自己心心念念的人在等你回复，或者一个
对你来说非常重要的人想跟你说话，你一定不会突然逃避或突然
消失，不会等自己忙完了工作、吃完了饭、洗完了澡、追完了剧，
终于闲下来时，才慢悠悠地回复对方。

忙的时候跟对方说一声，真遇到特殊情况了回头解释一下，这是对对方的尊重，也是赢得对方好感的一个重要因素。

人与人之间的关系是需要经营的，你渴望什么，就去争取什么。即便你认为自己一无所有，也不要自卑，至少你有一颗真诚的心，有一种谦虚的态度，只要你毫不吝啬地将它们展示给对方，对方一定能感受到。

你不一样，你是见过爱情的人

　　有位读者跟我说，他每个月都把工资交给女朋友。最近刚发完工资，想带她吃顿好的，为了给她惊喜就没告诉她。但是，因为手边还有工作没完成，很饿，想自己先吃点儿零食垫垫。女朋友也饿了，他说让她等等，一会儿陪她，工作的过程中不让她打扰。女朋友因此误会他抠门儿，舍不得给她花钱。于是，不管他做什么，女朋友都特别敏感，认为他不在乎她、不够爱她。这使他在这段感情里很累，问我是不是该放弃了？

　　世界上没有真正的感同身受，但我理解女孩子的这种情绪，我也有过，它不是性格上的缺陷，无关小气，也并非不懂事。越在乎一个人，就越注意他表现出的种种态度。虽然只是一件小事，但是接二连三地出现误会，没有及时沟通解释，她就会在心里默默地给你记上一笔，变得更加敏感，所以才会胡思乱想。

男生总是怪女生想得太多，可是自己说出来的话、做出来的事，真的经得起推敲吗？

以前我经常因为一些小事跟男朋友吵架，吵过了，他也解释清楚了，我会问他："你当初表达的时候为什么不这么说？"他说："都一样，你明白就行啊！"可是我不明白。谁的脑子也没自动翻译功能，不要总怪别人不理解你，也别总把什么都推卸给误会，而要反思一下自己的表达是不是可以改善一下。

男生总在心里独自设想一百个美好的未来，想一个人承担责任，给她惊喜，但他设想的惊喜往往是有惊无喜。比如出差提前回家没告诉对方，结果一进家门空落落的，原来她趁你不在，跟闺密出门了。你的想法一定要及时传达给她，让她信任你，找到安全感。女生都渴望安全感，所以才会那么注重形式、那么在乎别人的祝福，才会在甜言蜜语里自我沉醉。

别总让她等你，等你终于忙完了、有空了、有钱了，也许她已经不在你的身边了。她可以陪你一起奋斗、一起吃苦，却受不了独自等待，受不了眼睁睁地看着你沉醉在自己的世界里，根本参与不进去。如此，她怎么有勇气无限期地等下去呢？

等！这对女人来说多么可怕，她不怕爱错人，只怕把所有赌注都押在了一个人身上，换来的却是空欢喜一场。就连袁咏仪这样的大美女都怕等，在跟张智霖恋爱八年之后，她终于忍不住问他："你有没有计划结婚啊？以前我年轻，等你几年没关系，但是我现在等不起了，你要是不能跟我结婚，就告诉我，别耽误我。"张智霖说，他想再等一等，等自己事业上好一点儿，就给她一个名分。不过，他还是很快迎娶了袁咏仪。

男人总想找一个毫无怨言的伴侣，可是那应该是一个妻子的角色，并不是女朋友。在你迷茫之际，在你给不了她太多的时候，她肯留在你身边，是因为她喜欢你、她爱你。如果你连一个凭证都没给她，连一个稳定的家都没给她，怎么好意思跟她谈细水长流的生活呢？

关于很多听众、读者的情感疑惑，区别于其他问题，我的原则是劝和不劝分。相识跟相爱需要很大的缘分和勇气，说不定失去了这个人，茫茫人海中就再也找不到能令你心动的人，只能无奈地把草率的婚姻当作避难所。相处需要的是耐心、克制、责任心、妥协，这是自我修行，是两个人逐渐变得成熟的过程。当你能够很好地把握一段感情，学会了如何爱一个人、如何对一个人好，不再以自我为中心，学会照顾对方的情绪，愿意放下骄傲和个性，明白了在这个人面前面子没那么重要时，你和那个人才会有更美好的未来。

每个人都有各自的性格特点和不同的生活习惯，不可能在所有方面都完全投契，所以两个人相处肯定会出现这样那样的问题。分手并不能解决问题，它不是解脱，而是另外一段未知旅行的开始。你不知道未来会遇见一个什么样的人，他会不会更好，你会不会更喜欢，一切都要重新开始。也许下一个会更糟糕，甚至不再令你心动，那又何必浪费时间和精力赌在另外一个人身上呢？

我记得苏格拉底对柏拉图讲过关于爱和婚姻的故事。

有一天，柏拉图问苏格拉底："什么是爱情？"

苏格拉底说："我请你穿越这片稻田，去摘一株最大的麦穗回来，但是有个规则：你不能走回头路，而且你只能摘一次。"

许久之后，柏拉图空着手回来了。

苏格拉底问他怎么空手回来了？柏拉图说："当我走在田间的时候，曾看到过几株特别大、特别金黄的麦穗。可是，我总想着前面也许会有更大、更好的，所以就没摘。我继续往前走，看到的麦穗总觉得还不如先前看到的好，所以，我最后什么都没摘到。"

苏格拉底意味深长地说："这就是爱情。"

又有一天，柏拉图问苏格拉底："什么是婚姻？"

苏格拉底说："我请你穿越这片树林，去砍一棵最粗、最结实、最适合放在屋子里做墩子的树，但是有个规则：你不能走回头路，而且你只能砍一次。"

许久之后，柏拉图带了一棵并不粗壮却也不赖的树回来了。

苏格拉底问他怎么只砍了这样一棵树回来？柏拉图说："当我穿越树林的时候，看到过几棵非常好的树，这次，我吸取了上次摘麦穗的教训，看到这棵树还不错，就选它了。我怕我不选它，就会错过砍树的机会空手而归，尽管它并不是我碰见的最棒的一棵。"

这时，苏格拉底意味深长地说："这就是婚姻。"

爱情一定是错过吗？婚姻一定是将就吗？很多人认为，一定要爱自己最喜欢的人，跟最适合的人结婚，把爱情跟婚姻分开，这才是现实和理性。可是，怎么才算适合呢？

有一句话说，世上本来没有"冷男"，只是他暖的不是你。我见过一对恋人，在一起的时候不冷不热，女生总埋怨男生不懂事、不体贴、不浪漫，后来女生一再失望就跟他分手了。然而，这个男生有了新女朋友后，他既送花又送新手机，加班回家还给她买好早餐，留下字条才去补觉。

想要一个好的恋人，与其找一个被失败的感情调教过的人，不如自己培养。如果对方的本质不坏，对于交往过程中那些摩擦、别扭、小误会，不妨换一个角度和方式与对方好好沟通，多一些包容和理解。

好事多磨，好的恋人需要你付出更多的心思去培养。一段感情更多的是在检验彼此的性格缺陷，在不甘心和舍不得之间折返，但是你不一样，你是见过爱情的人。

情歌还是老的好听，爱人也是一样，别轻言放弃，祝福你我。

给人安全感的，
从来都是偏爱

朋友关注了我的微博，为了表示友好，我也关注了他。

我简单地看了几页他的微博，然后八卦地问了一句："你微博里@过的那个女生是你的前女友吧？"

他非常吃惊地问我："你怎么知道？"

我说："你微博里@过的人里，有一个男生，还有那个女生。男生看起来是你的哥们儿，那个女生无外乎是女友。看时间差，微博是一年前发的，如今你单身，显然是你追求过的女生，'过气了'的女友就是前女友。"

本性驱使我又八卦地翻了翻那个女生的微博，没什么特别之处，除了一些有关失眠、噩梦的呓语，就是转发的"鸡汤网文"

和"星座运势"。可以说，这是一个再普通不过的女生，一个毫无看点的微博。

然而，引起我注意的是，她竟然从未在微博里提过这个男生，哪怕只是看见什么好玩的、好吃的和他分享一下，或者生气吵架后对他发发牢骚，甚至很少回复他的评论。

对于一个二十多岁的女生来说，这样的日常，太不正常了。

连不食人间烟火的小龙女还为情所困，心心念念地向杨过表白，假设她有微博，一言一语肯定全部与杨过有关。

于是我试探着问朋友："她好像从来不在公众场合发布关于你的任何状态。"

朋友说："我也没发布过关于她的东西，不管是QQ空间、微信朋友圈还是微博，你可以找一找，没有一张她的照片、我们的合影，以及幸福瞬间的文字。"

所以，他就心理平衡了？觉得不吃亏了？我觉得，他们在谈一场假恋爱，彼此都有寻找伴侣的需求，刚好对方出现了，就在一起了。他们想尝试走一段路，但没想过一定要到终点，走一步算一步，而这种需求多半是退而求其次的结果。这并不罕见，很多人都有过这样的经历。

他还说，其实一开始就觉得无法修成正果。父母问过他的感情状态，只知道他有女朋友，继续问时，他说现在还不是时候，等到认定了这个人，自然会带她回家。现在不说、不做，是因为她还不是那个人。

这种状态已经很明显了，两个人并不算多么享受恋爱的过程。而真正的感情是自发的，也许方式和方法会很幼稚，但就是不由自主地想向全世界分享他们的一点一滴。

爱不是暗自较劲儿地比来比去，比谁更会怄气、比谁脾气大、比谁先妥协……你做不好，我就比你做得更差，看谁更难过？爱是自己先做好表率，有心的人自然会接收到这个讯息，并敞开心扉，成为彼此理想的优秀伴侣。

他哥们的女朋友几乎在恋人的每条微博下都发表评论，也在自己的微博里"秀恩爱"，字里行间都是对这个人的喜爱、宠溺。都说"秀恩爱"分得快，这种酸葡萄心理是因为在当今快餐式的恋爱中，刚表白就爱得死去活来，一言不合就分手，分手后就删除联系方式，然后马不停蹄地找下家。说白了，无非是你还没等到一个可以把甜蜜过成生活常态的人而已。

后来，他喜欢上另一个女孩，还未开始这段恋情，就毫不吝啬地把她介绍给每一个人，说就是她了。他无数次在电话里对父母说，过年的时候要把她追到手、带回家，追不到她，这辈子都不找了。他隔三岔五就在微信朋友圈、微博发布关于她的消息，访客们仿佛能从中看到他一边码字、一边咧嘴傻笑的模样。

不管他和她在微信朋友圈、微博里发布了什么，不明真相的人只当他们又在"秀恩爱"。他们不必大声宣布"我们恋爱了"，也不必刻意@对方给大家看。他们在平时的生活记录中，无意间就营造出了甜蜜的氛围，让旁人觉得甜到发齁。

爱其实是一种特例，是芸芸众生中你认为最特别的人应该配上最特别的待遇，把自己拥有的一切都交给他，然后对其他异性拍拍手说："不好意思，都给他了，没有了。"

也许你会说，有的人内向，不善于表达，只好把爱默默地藏在心底，甚至鄙视"秀恩爱"的行为。由于性格差异，的确存在这种情况。但是，两个互相爱慕的人，真的能做到绝口不提对方吗？在社交平台如此丰富的今天，处于恋爱状态的人，怎么可能不对外展露一些爱的痕迹呢？

你看微信朋友圈里，那些做了妈妈的女人，隔三岔五地"晒"孩子，爱就是这样自然地流露。我很想问问她们，婚前婚后不着痕迹的感情生活去了哪里？只有自拍跟孩子，一度让人不厚道地误会，怎么大家都活成了单身妈妈？

任何一个怀揣赤子之心的人，即便是男人也做不到感情状态密不透风，他们也有真情流露、渴望表达的瞬间。对于女人而言，更是如此。除非双方努力扮演着情侣角色，却始终不够爱对方，不管走得多近，总是欠一点儿火候，以为时间久了，就能培养好感情。可是事实证明，时间并不能让感情变得更好，而是彼此慢慢地习惯了将就，"食之无味，弃之可惜"，于是半推半就地走了下去。

能让一切变好的绝对不是时间，而是人心。

我有一个特别要好的女同学，大一谈过一次短暂的恋爱。分手两年后，有一天晚上前男友给她打电话。两个人聊着聊着，男生突然跑到我们宿舍楼下，但是宿舍门已经关了，楼道里的灯也熄了。她借着手机的微光去了一楼，打开窗，两个人就这样隔着一扇窗聊了好久。回来时，她哭了，她说忘不了他。

的确，她手机里一直存着他的照片，偶尔想起他便会哭泣，难过地说可惜回不去了。那时候还没有微信，大家都在玩人人网和QQ，她的个性签名里满是女生的忧愁，就连转发的短句都是感情方面的。她从不避讳她的爱情。

后来，大家都用起了微信，她的微信朋友圈有各种自拍，有妈妈的照片，有美食的照片，只是没有男人，我一度以为她还单身。

直到去年，她发了请帖，"晒"了结婚照，我才知道她已经领证了。看不清新郎的样子，但是我隐约觉得他是一个很老实的男生，不是她喜欢的类型。

我问她："你不爱他，对吗？"

她苦涩地说："还是你最懂我。"

她解释说，他们是相亲认识的，门当户对，不咸不淡地处了几年，平时也不吵架。结婚是迟早的事情，并不突然，家里都很支持。

婚后，她再没在社交平台上提过自己的老公。在我的印象里，她好像还是那个未婚的女孩。她明明是一个善于表达、喜欢分享、热衷炫耀、心事全写在脸上，甚至还有点儿虚荣的女孩，会把自己热爱的拉丁舞、甜品，以及妈妈的手艺都展现在微信朋友圈里，唯独那个男生，似乎并未在她的生命里存在过。

我很难想象，究竟是什么改变了她？也许她从未改变，只是面对的人变了。

你问问自己，是否会区别对待每一个人、每一段感情？有的人愿意笑着展示自己，而有的人却刻意回避着别人。

电视剧《盲约》里，楚琳三番五次地想宣布两个人的恋爱关系，杨硕就是不同意，说再等等，时机不成熟，一拖再拖。两个人约会都要背着大家，偷偷摸摸、躲躲藏藏的，如果没人问及，他不会主动跟任何人说自己有女朋友了。相反，楚琳从不回避自己有男朋友的事实，会把他介绍给自己的朋友们，还约他跟家人吃饭。后来，杨硕移情别恋，不爱楚琳了。

一个人是否在意你，以及喜欢你的程度，你是可以感知到的。

　　曾经有一个男生喜欢我。在图书馆里，他偶尔叫我一声，我答应了一句，问他怎么了。他笑着说："没事，就是想你了，想听听你的声音。"或者猛地抬头，刚好与他对视，他的脸上还是熟悉的笑容，很温暖。

　　我知道，那是发自内心的喜欢，不管这种喜欢带着崇拜，还是怜爱。

　　不会说话的爱情，却能在一切细节里体现出来，无论是身在其中的人，还是旁观者，都能感知到。而"想得却不可得"，大概是因为对方并没那么爱你。

第六章

○

爱自己是一生浪漫的开始

因为没有指望，
你只能变得更强大

　　有一次，我拿着户口本去补办身份证，工作人员说："你户口之前迁出过，必须回出生地的派出所开户籍证明，盖了章，再找分局局长签字才行。"再多问一句，他就有点儿不耐烦了。

　　其实我也很烦，这已经是第二次来户籍科了，排了一个多小时的队，浪费了一上午时间，结果还是没办成。我跟朋友说了这事，朋友劝我说："你烦也没用啊！赶紧想办法。"

　　烦躁确实没用，吃过午饭，我先是给省公安厅打电话，跟工作人员说了一下我的情况，对方告诉我："由于你户口迁出过，所以现在的档案显示的是消除人口状态，你得给当地户籍科打个电话，让他们给你重新上报一下，然后就可以补办身份证了。"我问对方："需要开户籍证明吗？"对方说："不需要。"

我又给出生地的户籍科打电话，工作人员帮我上报，告诉我周四查询一下即可，但是户籍证明还是要开的，这是当地的手续。

最后，我打电话跟我妈说明情况，把户口本快递回去，让她帮我办户籍证明。

朋友夸我说："你真的跟一般女孩子不一样，办事能力强，效率高。"

我苦涩地笑笑，那是因为没有指望，所以只能让自己变得强大。

单位的打印机卡纸，我动动手就修好了。其实很简单，关掉电源，把墨盒拿出来，把卡进去的纸拽出来就行。可是好些小姑娘都是抱着复印文件耸耸肩，嚷嚷着打印机用不了，等人来修。

家里的柜门掉了，我换上新合页，和以前一样好用；笔记本蓝屏开不了机，我用手机上网查教程，很快就能修好；我还学会了设置路由器，修改 WiFi 密码……

身边的女生都"抱我大腿"，满心崇拜地问我："你怎么什么都会？你怎么什么都能搞定？你要是个男生，我就嫁给你了。"

我说："我没有求人帮忙的习惯，但凡自己能够做到的，我都不好意思麻烦别人。尤其是自己不愿意做的事情，却要别人浪费时间替你去完成，这不厚道。"

朋友说："其实这也很正常啊，女孩子遇到了难事，习惯性地依赖父母和男朋友，他们很爱你，应该很愿意为你做事啊，不要什么都自己扛着。"

但是，你要想到，父母会慢慢变老，记忆力也会减退，那时候，你就是他们的依靠。现在的你，是否要更加努力，为未来蓄力呢？你的爱人也有要忙的事情，你不能把一切难题都推给他，自己两手一摊坐享其成，而应和他站在一起，把他的苦恼揽过来，共同分担，这样的感情才能长久。在这个快节奏的社会，努力打拼的男人压力本就很大，倘若大大小小的事情都为你操心，帮你处理，恐怕他迟早会承受不住。

我认识一个非常漂亮的女生，从小自带光环，名校毕业后进了电视台，整天在社交网站上抱怨工作辛苦，有诸多不容易。后来，她在相亲节目上认识了一个男生，两个人很快结婚了。婚后，她辞掉了工作，住进了别墅，成了全职太太，生了孩子后，偶尔会开着跑车带孩子出去玩。她在我们的视线里消失了三年，就在我们快遗忘她的时候，她突然出现在各个社交网站上，还开了淘宝店，卖起了外贸尾货。她"晒"孩子，秀自拍，唯独不提丈夫，有人质疑她现在是单身母亲。后来听说，她婚后的生活并不美满，经济不独立，每花一笔钱都需要老公批准，还要看公婆的脸色。于是，她自谋出路，一个人进货、拍照、上架、打包、发货，经常忙到后半夜。谁也想不到，曾经娇滴滴的她，竟然变成了女强人。

人们说，能拧开瓶盖、能拿得动包包、能换灯泡、能修马桶，能把米面油从超市拎回家……有这些能力的女人都是女汉子。人们还说，你适应社会的能力越强，本事越大，就越是操心的命，女人就该学着柔弱一点儿，因为男人喜欢被女人依赖。

哪个女人不知道这些道理呢？谁又想成为"金刚芭比"？即使是女强人，也是被这个社会逼出来的，她也想找一个比自己更强的男人，依偎在他怀里。

你羡慕一生下来就泡在蜜罐里的女人，她们是上天的宠儿，不管做什么都有人给安排好，不管做错了什么都有人帮忙善后，从来没体会过绝望。可是假如有一天，这种生活意外地结束了，她们必须跟大家一样去打拼、去奋斗、去靠自己的时候，能吃得消吗？能应付得过来吗？

有这么一家人，一个姐姐，两个弟弟。姐姐特别能干，她开了一家药店。大弟退伍回来要找工作时，她怕外面辛苦，就让他帮着看管药店，就这么养活着大弟一家人。慢慢地，大弟变得越来越懒，离了婚，房子给了媳妇和儿子，自己无家可归，只能寄住在姐姐家，还要看姐夫的脸色。

二弟遇到难事也总是推给姐姐，五十多岁的人了，又笨又懒，好在有一个好媳妇，家里家外都帮他张罗着。

姐姐疼爱两个弟弟，但宠溺过了头，遇到什么事都自己扛，所以弟弟们全指望着她，什么事也不用操心，连在社会上立足的能力都减弱了。

相反，当你背井离乡之后，一个人在陌生的城市里打拼，没有依靠、没有指望，就只能逼迫自己去尝试，去竭尽全力，独自面对问题、解决问题。转身之后你就会明白，这就是立足之本。

没指望的时候会很绝望，会羡慕别人，也会抱怨自己的处境。可是有一天，当你靠着自己的双脚走了出来，当你依仗自己的双手得到了自己想要的，你便有足够的底气对这个世界说："我能行，我什么都不怕。"

吃亏要趁早

经常有人发私信问我："阿紫，你能给当代大学生提些建议吗？在复杂的人际关系中，如何少走弯路、少吃亏？"

我告诉他们，请放心大胆地往前走，别缩手缩脚，年轻的时候要有魄力，别假装成熟、别怕犯错、别怕遇到人渣、别怕吃亏，要有年轻人该有的模样。

别在二十几岁的年纪里就扮演一个谙于世故的人，以为这样就可以抵挡很多来自外界的恶意。未来的路还很长，你要有长在骨子里的坚强，而这份坚强不是从"心灵鸡汤"里捞出来的。

别指望着岁月静好，你要承受的社会竞争力就是这么激烈、这么残忍。情商不是看一两篇热门文章就能提高的，如何成为人生赢家也不是靠几个案例模板就能学会的。每个人都有自己的人生，那些你认为活得通透的人，不是纸上谈兵，而是经历过很多事才明白的。

我身边就有刚就业的朋友跟我发牢骚："怎么会有这么多'奇葩'的人让我给碰上了呢？你的工作多好呀，从来没听你抱怨过。"

我笑了："你经历的这些人，我在大学里就已经见识过了，女生宿舍就是一个小社会，稍有不慎就会吃钉子。"

你别不信，男生一旦有了矛盾，出去喝个酒、撸个串就过去了，回头该说说、该笑笑，不计前嫌。可换作女生，一言不合就可能记恨你一辈子，老死不相往来。

就拿心直口快来说吧，本来是件好事，但枪打出头鸟也是真理，所以，首先要问问自己，你能否承受心直口快带来的后果？

我有一个室友，性格内向、孤僻。她只有一个朋友，是其他学院的学生，每天晚上她都叫这个朋友来陪自己，两个人挤在上铺的单人床上。有一次，深夜两点多，两个人突然"咯咯"地笑，大家都被吵醒了，有的人翻身、有的人咳嗽、有的人叹气，我提醒了一句："太晚了，小点儿声啊！"就因为这一句话，她整整四年没再跟我说过话，也没理过跟我关系好的室友。总之，后来的日子过得很别扭，她甚至搬到了那个朋友的寝室住。再后来，我试图开口劝她回来，她不领情地说："你们天天在一起好得跟一个人似的，我能融入吗？你知道我朋友那个寝室多脏多乱吗？我都住一个学期了，你现在说这些不觉得晚了吗？"

那时候我太自以为是了，以为平时关系挺好的，只是一句提醒而已，况且还是很小声、很温和地表达，没带一点儿指责的语气。换作是我，顶多笑一笑说："嗯，不好意思啊！"然后睡觉，第二天该怎么样还怎么样，不会放在心上，可这并不代表别人也这么想。

有些人天生敏感，会把别人不同的看法当作恶意。这些人安逸平淡惯了，一旦遇到一丁点儿不顺心就会开始胡思乱想，越想越脆弱，一颗"玻璃心"就碎了。

我的一个闺密，她常常会因为跟哥哥的一言不合或者领导的一句指责而气得整夜睡不着，疯了似的到处抱怨，求别人安慰。其实这都是些小事，斗斗嘴而已，可她偏偏受不了别人说她一丁点儿不好，受不了一丝一毫的委屈。但是步入社会后哪能事事尽如人意呢？谁会像父母一样惯着你呢？于是她开始神经衰弱，长期失眠，靠吃中药调理。

人的性格和三观在十几岁的时候就基本形成了，越往后越难改。郭德纲说过，一帆风顺不是件好事，吃亏要趁早。

老人常说"吃亏是福"，我们不服气。但这个"吃亏"不是让你处处低头忍让，也不是自我安慰，而是告诉你"吃一堑，长一智"，你吃过亏，才知道错在哪里。你见识过各种人，踩过各种坑，才知道怎么去认识人，怎么去辨识危险，并且全身而退。

　　别受到伤害就一头扎进沙子里当鸵鸟。直到现在，我还庆幸当初自己吃过的亏、走过的弯路，也感谢那些让我受过的挫折、令我反思过的人，如今立足社会才更清楚什么话能讲，该怎么讲；什么人能交，该怎么相处。再次遇到的时候，我就可以处变不惊，然后笑一笑说："这都没什么的，我早就见识过了。"

有你更好，不是没你不行

　　当一段感情结束后，时间并不能让你彻底忘记这个人，但能帮你慢慢地走出来，作为旁观者来重新审视当时的自己为什么会爱上对方，相处的过程中存在哪些致命问题，以及分手这个选择究竟是对还是错。我们不断反思，不仅想放下已逝的感情，而且想整理好自己，轻装上阵，更好地向前走。

　　也许这些问题需要好几年才能想明白，才能不去钻牛角尖；也许当你遇见对的人时，你的心结会怦然解开：原来，这才是我一直想找的爱人的模样。

　　看过很多艺人的访谈视频，他们大都会说，曾经谈过很多次恋爱，认真过，执着过，以为很爱，却很少考虑未来，只顾着当下，不问前程，甚至觉得结婚离自己很远。但总会有那么一个人的出现，哪怕只是短暂的接触，就认定对方是自己想要携手一生的人，那是一种从未有过的信念。

人总要尝试着开始，从失败中叩问自己的内心：什么才是自己真正渴望的、想要的，这样理想恋人的影像才会在潜意识里愈加清晰，直到碰上它真正的主人，让你豁然开朗，感觉一切都对了。

成熟的标志是知道自己想要什么，什么更适合自己，该追求什么，该舍弃什么。

一个朋友失恋了，原因是相处了一段时间后，女生始终没有心动的感觉，更多的是感动于他无微不至的照顾和无时无刻的陪伴。大学毕业后，两个人都忙于找工作。当他没有足够的时间和精力像从前一样待她时，她提出了分手。

他说，因为她性格孤僻，没什么朋友，所以不管他忙什么，总是提前把她安顿好，找事情给她做。在所有能陪伴她的时间里，他都跟她在一起，但他们毕竟不能永远停留在学生时代，想要生存，就必须腾出一部分时间来奋斗。而她无法忍受这样的改变，也不愿和他一起想办法克服困难。

很简单，她依赖的是那种有人陪伴的生活，在没有朋友的日子里，恋人也是朋友的一种。当你无法继续给她这种生活时，彼此的关系自然而然就走到了尽头。说白了，她对他的依赖只是一种生活状态，不止他一个人能给她，如果有个能替代他的人出现了，那么分手就是必然的事。

你想快速提升自己，就需要一个好的对手。感情也是一样，你想变得越来越好，总不能"剃头挑子一头热"。最好的伴侣关系应该是一起成长，而不是一方不停地努力、给予，维持关系，另一方却始终站在原地不配合、不回应。如果这样，后者很有可能爱上的不是你，而是爱上了爱情本身，享受的是恋爱的感觉，要的是被爱慕、呵护、照顾，至于这份感情是谁给的并不重要。

人在爱情中不可能永远充满激情，当自己得不到对方的回应时，会疲惫、会怀疑，甚至想放弃。这种不成比例的付出与接纳达到一定程度后，坏情绪会越积越多，矛盾也会逐渐显现，一旦你们维持已久的状态发生了改变，这段关系也就危险了，因为你们自始至终都是不对等的。

成年人的恋爱观要有独立人格，无论是精神上还是经济上。所谓的独立人格，体现在思想、兴趣爱好、工作能力、交友的圈子等方面，是既有一起娱乐的时间，也有享受独处的机会。你的时间不需要对方来安排，在对方忙碌的时候，你也有自己的事情，不会无所事事，甚至抱怨对方陪你的时间太少。

我听一个朋友说，他曾在网上跟一个女孩谈恋爱，后来得知她现实中有男朋友。这样的人其实很常见，在虚拟网络平台上，甚至还有很多已婚人士，因为伴侣经常出差，忙于工作，不能陪伴自己，就想找个人打发时间，填补内心的空虚。

有个女生对这种网恋嗤之以鼻，她说，忙都忙不过来，连谈一场正经恋爱的时间都没有，怎么可能闲得无聊去网恋。

我说，那是因为她是一个精力充沛的独立女性，她有自己的事业、社交圈、兴趣爱好，而且聪明好学，积极上进。她不知道的是，还有很多女性半推半就地过着另外一种生活，处处依附别人，指望对方给自己填补缺失的一切，别人给什么就要什么。

可是，要想拥有长长久久的爱情，是需要一定的稳定因素的。你离不开我，不是因为你没有生存能力，而是你离开我也能照顾好自己；不是我不做饭，你就会饿死，而是我的厨艺比你好，你更爱吃我做的饭；不是你离开我就什么事都解决不了，处处等着我来善后，而是我们的思想对等、灵魂契合，遇到问题时互为智囊、共同进退。我们在一起，能让彼此的生活质量都有所提高，日常生活也更加有趣。

经济上的独立，并非想着是该选择一个有一百元给你花十元的男人，还是该选择一个有十元给你花十元的男人，这根本就不是问题。

想花钱可以自己赚，不必为钱伤脑筋，更不必把钱当作择偶的重要标准。当你能赚钱养自己时，就会有足够的底气和理性去判断，你爱的是什么样的人。如此，你就能清楚地知道，他吸引你的地方与经济条件无关。爱情是需要有面包，但是谁规定面包一定要男人去买呢？

不少年轻姑娘因为一时贪图享乐，嫌工作辛苦，一心想着以家庭为重，听从丈夫的话做了全职太太，而后，每花一笔钱都要跟丈夫要，甚至还要看婆家的脸色。直到有一天婚变，她才发现自己已经跟这个社会脱轨了，原本就不够优秀，随着年纪的增长，早就失去了职场竞争力。

对爱情认真是好事，依赖一个人也没错，但你必须明白，依赖是对一个人的信任。它指的是，你是我的搭档、战友，不是寄生虫；是我的生活会因为有你更好，而不是没你不行。

有些路，只能自己走

　　朋友小Q说他跟女朋友大吵了一架，他想不明白，平时看着挺好的一个姑娘，为什么会在大是大非面前这么糊涂，而且总是固执己见。

　　他的女朋友是艺术生，播音主持专业，比较活跃，出去玩通宵甚至夜不归宿都是常事。他不放心，告诉她："你玩得晚一点儿没关系，我去接你，送你回去，但是你不能玩一整夜，这样我会担心，你父母也不放心。"

　　可是，她坚持跟朋友们全程都在一起，还义正词严地说："我的同学都是正经人，在一起玩根本不会出事，如果只有我提前离开，多扫兴啊，还显得自己不合群，那样我还会有朋友吗？"

　　道理讲不通，一气之下他关了手机，出去跑步发泄情绪，气消了开机，收到了几条她的短信。她告诉他，她已经回家了。

我说，虽然这一次她听了你的话，但这并不代表她认同你说的话。她听你的，只是因为知道你生气了，她为了跟你好好相处而不得不妥协。

女孩子不要在外面过夜，不安全，会让爱你的人担心，要学会保护好自己，多一点儿提防。这个道理连小孩子都懂，有的人会引以为戒，但也有人抱着侥幸心理，认为对方是杞人忧天。

人在成长的过程中，性格和三观会趋向定型。三观正不正，其实没有特定的标准。所谓的正，不过是双方恰好吻合而已。于是，我看着你顺眼，你看着我舒心，遇到问题时更多的是赞同，是产生共鸣，是一拍即合，而不是争论不休，谁也不理解谁、谁也看不上谁。大家都是成年人，根本不需要说教，每一种生活方式都有它存在的理由，只要能相安无事地走完一生就可以了。

就像有的人认为，陪伴应该是随时随地的，我也曾这样认为，尤其是女生之间的友谊，彼此渴望陪伴，害怕被孤立，所以每个时段都有几个亲密好友，就连去厕所都是挽着胳膊，互相陪着。

我们害怕被人视为独来独往的怪物，害怕被人说另类、不合群，也害怕在喧哗热闹中，只有自己蹲在寂静的角落里发呆。所以，每到一个新的环境里，就逼迫自己极力地去融入。

后来，我从委屈自己只是为了随大流的状态中走了出来，我真正意识到，成年人的陪伴并不是随时随地的，而是一个不断寻找交集的过程。在没有交集的生活中，可以各自去实现自己的人生价值，坚持自己的原则，保留自己的个性。

成年人，既要融入集体生活，也要学会独立，忍受孤独。

步入大学后，我与几个室友一起办了健身卡，她们多次因为天气不好或者懒得去而放弃，只有我一个人坚持着。在健身房锻炼了一个月，我瘦了七八斤，而她们还在嘟囔着要减肥。

寝室六人中，只有我考进了广播站。冬日里，我蹑手蹑脚地关掉闹钟，穿衣、叠被、洗漱，看着熟睡的室友们，轻掩上门，然后一个人走在清冷的校园里晨读。路边的树上偶尔有几只麻雀落下，那时候我问自己，我到底在坚持什么？

从广播站放音出来，我给室友们买了早点，先去教室等她们来上课。因为被迫早起，反而一天都很充实，而持之以恒的兴趣爱好，我至今没有放弃，并且获益良多。

考试前的复习黑暗周，大家都不爱去图书馆，嫌折腾，就在寝室里看书，效率特别低，几乎是背几道题后就聊会儿天。为了克服懒惰，我只好一个人去图书馆。

那次考试，六个人之中，只有我没挂科。

我从小就很害怕孤独，担心因为参加社团而脱离了寝室这个小组织，担心因为谈恋爱而失去朝夕相伴的朋友。多少次，我在挣扎中想要放弃，我也想睡懒觉，也想参加寝室的集体活动，可是转念一想：我不一样啊，这是我一直以来的爱好，我的梦想必须由自己来实现，别人没有义务陪着我。

那时，我上铺的室友总挑拨我和一个朋友的关系。说实话，我特别害怕失去这个朋友，入学的第一天，我们相识，一起军训，分到一个寝室，每天形影不离。朋友跟我说，我上铺室友的人品不好，做过诸如考试交卷子前偷改别人答题卡，故意让别人挂科的事。对于这种人，我不想多接触，也害怕她玩小伎俩把我和朋友拆散，毕竟我忙于学业，总会疏于对朋友的关心。于是，我索性连中秋节都带着朋友一起回家，带着她参加广播站的活动，尽可能多地陪伴她。然而，我最担心的事情还是发生了。就在一个寒假之后，她选择了背叛我，跟我上铺的室友好得不得了，彻底疏远了我。不管我怎么追问，她始终不回复我。

那段时间我很难过，即便如此小心翼翼，该来的还是没躲开。我在反思，我想要的究竟是什么样的友情？是从早晨一睁开眼到一天结束，无时无刻都要待在一起吗？

寝室成员间的关系四分五裂，一开始我真的很不习惯。洗澡之前要约其他朋友一起去，吃饭时要跟对面寝室的同学一起去，上课时要和比较熟悉的人坐在一起，我很害怕落单。

我见过三个女生形影不离。我去过她们的寝室，床单是一个颜色的，背包是一个款式的，就连电脑也是同一个牌子同一个型号的。表面上这三个人的关系好得跟三胞胎似的，背地里却相互排挤，都跟我说过对方的坏话，最后这三个人的关系也破裂了，而破裂的原因并不是谁不合群。

我的心态，她们的心态，跟小Q女朋友的心态一样，害怕因为彼此之间心态的不一致而显得另类，害怕脱离集体生活，害怕成为不合群的那个人。于是，为了迎合别人，牺牲自己的时间，违背心意做很多不情愿做的事情，甚至勉强认同，不敢摇头说"不"，如履薄冰地前行着。可你甘心变成大多数人的样子吗？你不要自己的个性、梦想了吗？

将来参加工作后，难道你每天上班都要约朋友一起挤地铁、坐公交吗？那些好闺密们，也会有自己的伴侣、家庭、事业、圈子，到最后，我们还是要学会独处，要做回自己。

后来，我故意试着一个人去吃饭、去上课、去图书馆、去逛街、去洗澡……然后发现，其实独处并没有想象中那么难，而在这个过程中，我又认识了很多有趣的朋友。

对朋友的要求像对伴侣的要求一样苛刻，对伴侣的要求像对自己一样苛刻，都是不健康的。

现在的我过得很轻松，能很好地权衡人际关系。比如我跟同事之间，有五个人经常一起吃饭、唱歌、旅行。每次吃完饭，她们都先送我回来，然后四个人再去打牌，因为她们知道我不会打牌，也不喜欢。但这并不影响我们一起吃饭、一起玩闹，这就是我理解的成年人之间的相处方式，不刻意、不苛求。

跟不同的人找到相似的部分，在交集里快快乐乐地在一起，不需要小心翼翼地去维持，更不必勉强自己。成熟潇洒的人，既可以融入热闹的人群不违和，也可以享受独处空间不恐惧，更可以内心饱满不空虚。

爱，只怕自己不够好

　　有人说，女孩子如果遇见心爱的人，就会变得没自信。她害怕自己长得不漂亮，身材不够好、不够温柔、不够聪明。其实她没有那么差，只是害怕自己不够完美，无法吸引他；只是害怕他不够爱自己；只是害怕在他朋友的眼里自己配不上他；只是害怕失去他。

　　其实她很优秀，她在别人眼里是高傲的、自信的，唯独在心爱的人面前，她是自卑的。这种自卑起因于爱，所以小心翼翼。太过珍惜就会把对方视为救命的稻草，无法松手。

　　两个人在一起后，女孩会问男孩："你爱我哪里？"这个答案听多少遍都不会觉得腻，即便男孩觉得这是个傻透了的问题。女孩在问这个问题的时候，眼睛里会闪着光，那种渴望是最美的，因为男孩的每一次回答都让她的内心更有安全感，更确定这份感情是认真的：他真的爱你，你在他的心里真的足够好，甚至无可替代。

相处的过程中，女孩会害怕自己变胖，于是总问对方："我胖吗？真的不胖？"所谓"女为悦己者容"，不如说是女为己悦者荣。大部分女孩都曾期待席慕蓉在《一棵开花的树》中所写："如何让你遇见我？在我最美丽的时刻。"

而男生呢？害怕她觉得你幼稚，不够成熟，害怕她认为你比别的男生差；害怕自己在物质上无法满足她；害怕她觉得你对她不够好。在遇见这个人之前，你觉得自己学历高、工作能力强，买得起房子和车子，长相也不比别人差，在朋友圈里算是高人一等，从来不会为没人喜欢自己而发愁。可是，有一天你遇到了这个人后，突然就会忘记自己有哪些优点，总担心自己不够好，总担心自己会说错话、做错事。

你不知道一件事该怎么做会更好，比如你在家等着他下班，会想到晚上九点多的公交里应该很清冷吧？加上深秋季节的萧瑟，霓虹灯下的夜路上会寂寞吧？你不愿他在这条路上独自行走，你想陪他说说话，想让他知道你一直在，想用行动告诉他，他并不孤独。

爱就是这样，想把自己的全部都给对方，又害怕不是对方想要的。

有人说，爱情中的男女智商都会变低，会不自觉地变笨。看着对方发来很平常的一句话都乐得合不拢嘴，这是痴；看到对方对你付出的一点儿好都幸福得像花儿一样，这是暖。

其实，人的一生能够遇到一个你爱的也爱你的人真的不容易。所以，我们才越发小心翼翼，生怕走错了一步，造成一辈子的遗憾。

喜欢是一个很简单的过程。可能最初你喜欢一个人，或者决定和他在一起，只是因为他符合你的一些喜好，比如长得帅、温柔或者有才华。就好像出现了一扇门，你愿意走进去，再慢慢地确定这份感情，然后才明白你爱他的帅，但是有一天如果他意外毁容了，你依然爱他不减，依然想和他在一起，这是爱。对男生来说，你们在一起后，你发现她并没有你想象中那么温柔，也会偶尔发脾气，但你还是愿意包容她，不想和她分开，这也是爱。

歌曲《离不开你》里有一句歌词：可今天我已离不开你，不管你爱不爱我。

爱是一种卑微的享受，里面包含着酸甜苦辣。痛彻心扉地爱过，总好过麻木不仁地机械生活。爱到了最后就是一种感觉、一种习惯、一种想永远走下去的勇气。

后悔当初没早点儿恋爱

我认识一个姑娘，28岁还没谈过恋爱。她在卧室看电视剧时经常自言自语，时不时地哈哈傻笑。这种笑并不代表她生性乐观，她甚至变得有点儿孤僻，生活就是三点一线，周末一个人在家，哪里都不去。

她告诉我，高中的时候班里有一个男生很喜欢她，她对他也有好感，经常在一起上晚自习。同学们经常拿他俩开玩笑，但是因为家教严，两个人谁都没有开口。

高考之后，两人分别去了不同的城市，但始终保持着联系，男生经常给她打电话。

然而，女孩家里还是不允许她谈恋爱，教育她说，大学就应该心无旁骛地学习专业课，等毕业了找到好工作后，谈情说爱的机会多着呢！于是，她和那个男生断了联系。

事实上，人生是难以预料的，那些本以为会发生的故事，根本只是假设。

大学毕业后，她又来到一座陌生的城市，进了银行上班。没有家人的照顾，一切都得靠自己。银行里的男女比例跟文科班一样，男生太少。眼看快到三十的年纪，家里着急了，催她赶紧找对象。不是她不想找，只是有心无力：自己找吧，接触男生的机会太少；去相亲吧，连个介绍人都没有。

就这么一直单着，她抱怨父母，当初要是不阻拦，也许她跟那个男生早就在一起了，何必现在发愁。

她还有一个哥哥，大学时谈了一个女朋友，他爸爸嫌姑娘的个子太矮，配不上自己的儿子，便棒打鸳鸯。

两个人分了之后，男生一直单身，这些年都没找到合适的。如今他爸爸开始着急了，跟儿子诉苦说："隔壁邻居都抱上孙子了，你就别挑了，找个什么样的都行，就算个子矮一点儿也没关系。"

父母是过来人，吃的盐比你吃的米还多，都是为了你好。没错，出发点是好，但是有些话不能乱信的。

时代变了，人的需求也变了，现在的年轻人对于精神及物质上的需求已经远远超过了上一辈的人。他们认为找对象只要条件相当，跟谁不是过一辈子呢？他们大都不明白什么叫有话可说，什么叫思想在一个频率上，什么叫三观吻合。

他们担心我们上学期间谈恋爱会影响学习，可是我见过很多励志的例子，两个人为了能在一起，努力学习，怕拖对方后腿，最终都考出了好成绩。

我很负责任地告诉你，说影响学习的是你没找对恋人，你找个没事就喜欢抽烟、喝酒、烫头、打游戏的人，跟找一个品学兼优的人能一样吗？

我认识一个学艺术的男生，这个男生挺机灵的，就是当年学习不用功。他参加工作后，喜欢一个女孩。女孩爱唱歌，他为了追求这个女孩，开始学做各种后期剪辑，看视频教程，一个一个效果去听，最后连给伴奏消音都学会了。这个女孩是名校出身，他悔恨地说："如果学生时代能遇到她就好了，我就不会上课睡觉，反而会有动力学习更多的知识，只为了跟她在一起。"

爱情是一把双刃剑，爱对了人能让你变得更好，爱错了人八成让你变得更差。

爱情来的时候你没好好把握，等你错过了一定会后悔莫及。不要把什么都寄托给未来，等有时间了，等有钱了，等你忙完了，可能已经物是人非了。

有人说，学生时代谈恋爱都是闹着玩的，有几个成的？可是我身边就有成的例子，万一你们就是其中一对呢？

我的一个好朋友叫姚姚,她跟男朋友大学时就在一起,毕业后双双去了北京,在一起七八年了,很快就要结婚了。我们都很羡慕她,从一开始就找对了人,不用绕那么多弯路满世界寻找。

我不是鼓励大家早恋,我更不知道这个"早"的界限在哪里。刚刚成年的年轻人就一定不懂爱情吗?三四十岁的人就一定什么都明白吗?

人与人是不同的,如果你从来没有认认真真地喜欢过一个人,又怎么知道爱情是什么样子呢?

我想说的是,爱情不分早晚,它来了,就不要错过它,不要压抑自己,否则,最后只能空留遗憾。

我希望我们都能谈一场恋爱,而不仅仅是找一个对象而已。

谈恋爱跟找对象不同,当你有机会遇见心仪的人,他刚巧也喜欢你,两个人心心相印,那叫谈恋爱;如果只是想摆脱单身,或者为了结婚而和一个人凑合在一起,那叫找对象。

爱情最好的模样应该是顺其自然,而不是有备而来。你觉得呢?

最好的我，才配得上最好的你

单位里有个男人，四十多岁，事业正是如日中天的时候，突然跟老婆离婚了，原因是老婆终日沉迷于打麻将，不管孩子也不料理家务，还是个河东狮。据说离婚当天，女人竟因为打麻将去民政局迟到了。

以前，男人一喝多了，就先去烧烤店醒醒酒再回家。昨天晚上，男人因为应酬喝多，吐了，一个人在小区楼下徘徊，冻得直哆嗦也不敢上楼，怕老婆生气。

他忘了自己已经离婚了，酒后依然记得老婆、记得这个家、记得回家的路。后来住在同一个小区的同事看到他，把他送回了单位宿舍。

我想表达的是，别看有的男人很大条，其实都是为了这个家，为了老婆、孩子而奋斗。

一个同学跟我说，大学毕业后他一直在忙事业，感情上一塌糊涂，现在除了赚钱养家，好像什么都不会了。在这样的男人眼里，钱也许只是一个数字，只有当这个数字有个女人帮他落实到穿衣吃饭上，帮他用在打点生活上，才有价值。

家是男人心里最柔软的地方，是累了以后可以栖息的地方，是前进的动力。

也许有人说，男人一旦优秀就可能变坏。你理解错了，男人一生可能桃花运不断，但人的精力有限，爱是本能，能让他用生命去爱、去无限付出的人，可能只有一个。

我对女人的要求一直很苛刻，所以有时候真的替男人捏一把汗。我曾见过一些女生，在异性面前表现得乖巧、懂事、温柔、善解人意，但在同性面前又是另外一副嘴脸，小气、虚荣。一面帮着男朋友洗衣服，一面从来不打扫寝室卫生，卫生间脏了不会主动打扫，只会谩骂。一面在寝室里蛮不讲理，一面跟男朋友装委屈说大家都在欺负她。

有一个学期，我们寝室只有三个人。其中一个女生特别彪悍，班里所有同学都纳闷为什么她男朋友会喜欢她。备考的时候，我和另外一个室友从其他同学处要来复习资料复印了两份。我把资料挂在床头，室友在那个女生的上铺，把资料放在自己床上，我们就出去逛街了。回来的时候，那个女生对我俩爱答不理的。开始我们觉得很奇怪，以为她是和男朋友吵架了。后来她终于忍不住给男朋友打了一个电话，气急败坏地指桑骂槐，说什么有些人真的太无耻，偷看别人的复习资料，没经过允许就拿出去复印之类的话。说完摔门出去了，我和室友看了眼她留在桌子上的复习题，和我们的一样，瞬间明白了，原来她口中所谓无耻的人，指的是我们两个。明明是她偷看我们的资料，真是令人哭笑不得。

你别笑，这个女生能代表一类女生，鸡毛蒜皮也能当一盘菜。可是很多男生看不到这类女生的这一面。你说爱可以有遮掩，或者说爱可以伪装。如果男生可以来女生寝室卧底，如果恋爱的时间再长一点儿，也许真相就一目了然了。

在微博上，有些女生看到我的一大段文字后，她们会评论：这段话的重点在哪里？后面的人看见前面的人这么问，一下子对自己的智商有了信心，也来问我究竟要表达什么意思？有的女生吃惯了现成的，什么话非让你给她总结出个一二三来，才拿起小本子记下来，别人说什么都当真理，从来不会动脑判断是非得失，不会站出来表达自己的观点，只会人云亦云。

这样的女生我在现实中也见过，可以说对所有事都没有自己的主见和思想。尤其是在爱情中，什么事都指着男人去做，从不要求自己，只会异想天开地在微信朋友圈分享《男人要这样爱你的女人》《要找一个这样疼自己的男人》这类的文章。也不自我审视一下，真遇到了这么好的男人，你配得上他吗？你对他的事业一点儿帮助也没有，生活上自己都一塌糊涂，但凡有什么事需要商量一下，你一点儿建议都拿不出来，又有什么资格要求别人一定要做到最好呢？当然，也不能全盘否定这样的女生，起码不闹事，比另外一些人强很多。

小的时候，有一个邻居，男人在外打工，女人闲在家里，偶尔来我家找我妈聊天。有一次她刚进我家，正好看到我妈放钱。没过几天，我家就丢了两千元。我妈报警，觉得邻居家的女人嫌疑很大，经过调查，的确是她偷的。后来，这家人就搬走了。再后来，听说她的男人死了，是因为她和亲戚发生口角，非逼着自己男人跟人打架，给她出气，结果发生了意外。

对男人来说，娶妻娶德，你的老婆直接决定你的余生是否幸福，她是一个家的灵魂。而对女人来说，要求别人的同时，自己也要争气，别忘了"最好的我，才能配得上最好的你"。

我想要的是婚姻，
你给的只有爱情

　　当脸上的青春痘消失时，如果你还不能从童话世界里走出来，整天想着怎么玩心跳，还以为会有白马王子突然出现，或者惦念着有朝一日在旅途中来场艳遇，那么你的爱情之路只会越走越迷茫。

　　不知道你会不会有这样一种感觉，越是着急找对象的人，往往越找不到。因为爱情不是急于求成的事，那么多人每天与你擦肩而过，长着不同的脸，有着不同的体重，说着不同版本的普通话，拥有着自己的做事方式，你们二十多年来生活在各自的轨道上，能让你一眼心动，还能越过种种困难修成正果，你说容易吗？

你不得不面对残酷的现实，大多数婚姻是从培养感情开始的。如果一开始你就没把握，不能把爱情培养成婚姻，很可能今后只能把婚姻转化成亲情。当然，很多人仍旧执着，不肯接受。他们年轻时对于身边那个人没能认真相处，也没有好好珍惜，再后来就很难奋不顾身地去爱一个人了。

一部电视剧里的桥段，男人回来得很晚，女人大吵大闹，问他爱不爱她，问他是不是娶她只为了她的年轻貌美，男人一气之下摔门走了。这时，女人的婆婆对她说："你不快乐是因为你想要的太多了。我很清楚我要的是什么，所以只要我老公没做出格的事，我就不会太限制他。"

是啊，女人想要幸福，就必须清楚自己想要的是什么。如果确定了是爱情，那就努力地把你们的爱情修成正果，年龄、家庭背景、空间距离、世俗看法都是可以跨越的。

如果你觉得电视剧里的桥段多少带着虚构成分，离现实生活太远了，那给你说一个我身边的人。

我有一个同学，他阳光、帅气、聪明，高中和一个普通的女生谈恋爱。高考后，男生考上重点大学，女生考去男生那所大学的专科，只为了能和他继续在一起。大学毕业后，男生去外地一家高薪公司就业，女生却在家找不到工作，两人就这样保持着异地恋，一晃就是三年多。渐渐地，男方家里开始反对他们在一起，因为女生条件处处不如男生。但男生对妈妈说："我和她在一起这么多年了，现在能说不要她吗？"国庆节，两个人终于结了婚，女生跟着男生一起去了外地。

先有了归宿，未来就不会孤独，有人和你一起分担，苦难也会减半。能让你心动的人有很多，但是彼此愿意走进婚姻殿堂的人并不多，那一纸证书，比得上一辈子的誓言。

男人只要拥有了好的婚姻，就可以毫无后顾之忧地去拼事业；女人只要嫁对了人，就可以全心全意地投身家庭中。他们努力让这个家变得更温馨，让家人过得更好，无论何时何地，都不会感到迷茫。

迷茫是因为没有目标，有了目标和动力，人才会走向成功。如果先成功再寻找真爱，那真爱的定义可能就该加上很多标签了。愿意和你在一起的人不难找，愿意和你面对风风雨雨的人才难找。

理想的爱情能为生活锦上添花，婚姻需要妥协，爱则是随心而定。婚姻可能是相爱却要分开或者不爱了还要在一起，爱是明知道对方有无数缺点，但还是忍不住喜欢。谁与谁都不可能天生就合适，爱和婚姻都需要沟通，那些以性格不合为由分手的人都是在自欺欺人。谈恋爱可以说分手就分手，明知道失去了会痛，也宁愿长痛不如短痛，但历经千辛万苦走到一起的人是不会轻易离婚的，因为人一旦有了归宿，就不想走了。

平安喜乐，勿忘心安。